これだけは知っておきたい

万葉集の環境と生活

高野正美

笠間書院

これだけは知っておきたい

万葉集の環境と生活

【目次】

プロローグ—万葉集を読むに当たって—

最近では古典文学というと難しそうだと思って躊躇《ためら》いがちである。それは使われている言葉が現代とは違っているため、現代文を読むようにはすらすら読めないことにもよるが、この点は読み慣れさえすればある程度は分かるようになる。だがそのままでは何となく漠然としていて、どうしても物足りない思いは残ってしまう。このような時には日頃特に意識することなく使っている「ことば」の働きに注意してみると、よく分かることがある。「ことば」は、それが使われる時は必ず場面や状況を伴っている。例えば「いい天気」というのは、空が晴れ渡り太陽の光が差し込んでいる状態をいうが、この意味で使われるのは事実を伝えることを目的とした天気予報だけであろう。実際の場面では様々な状況が想定できる。

田畑で働いている者同士《どうし》が行き合って「いい天気だね」とことばを掛け合うのは、晴れて太陽が出ていることに違いはないが、この場合には、そのお陰で仕事がはかどるので助かる、と言った意味合いの挨拶として習慣化したものである。同じ挨拶でも散歩の途中で行き合った者が同様のことばを用いた時、それは〝天気が良くて気持ちがいい〟といった意味合いで用いられている。また、室内で一心不乱に仕事に打ち込んでいた者が、仕事が一段落し、外に出て思わず「いい天気だ」と口走った時、それは緊張から解放された喜びの表現であろう。

このようにある場面、ある状況の下で「ことば」は用いられるのだが、日頃はその都度それはどういう意味かなどと考え込むことはなく、直ちに意味合いを了解し間違えることはない。稀《まれ》には状況の判断を間違え、お互いに気まずい思いをすることもあるが、たいていは誤解とわかればそれで済んでしまう。

直接の会話のやり取りでは、お互いに場面や状況、相互の表情・声の調子などが分かっているからたやすく分かり合えるのだが、文章のように書かれたものでは、「ことば」で表現されたものを通して状況を想像しなければならないから、その状況を取り違えることが起こりやすい。それでもその人がよく知っている地域（空間）の事や、時代（時間）の範囲のものであれば、たいていの場合は場面や状況を類推できるので大きく間違えることはない。

ところが、同じ日本国内のことであっても時代を遡《さかのぼ》って、「ことば」だけではなく生活環境・生活習慣も違う場合は、知らない世界だから類推する手がかりが少ないので、その状況を簡単には理解できない。

古典文学を読むことがたやすくないのは、読む側が当時の生活環境・生活習慣などを知らないために、即座に状況の判断ができないことによる。それでも物語の場合はある程度状況の説明が為されているから、歌に比べれば分かりやすくなっている。歌の場合にも場面や状況がごく簡単に記されていることもあるが、それを取り巻く環境等、全体の様相までは分からないので、物語に比べればはるかに分かりにくい。

もっとも、歌（韻文）と物語（散文）とでは表現の仕方が根本的に違うので、両者を単純に比べるのは適切ではないが、対比によって歌の分かりにくさが何に由来するかがはっきりすることは確かである。

万葉集もこの点に十分注意しながら読む必要がある。ただそこに何を求めるかは読む人によって違う。例えば、愛の絆《きずな》に共感したり、死別の悲しみや旅中の寂しさ・苦しさを追体験したり、万葉人の自然への眼差しに心惹《こころひ》かれるなど、興味や関心は一人一人違うはずだから、すべてこのように読むべきだなどと言うつもりはない。

ただ、万葉集に多少なりとも親しんだ人なら、誰しも一度ならずこのように受け止めて良いのだろうか、と不安になったことはあろう。そうでなくても本当のところはどうなのか、それを知りたいと思ったことはあろう。この事を解決するためにも歌の状況を知る必要がある。

古代の歌の場合は、我々の前にあるのは表現された「ことば」だけであり、その意味合いは状況によって違うことは先に見たとおりであるから、状況を見極めることはきわめて重要である。

そこで、ここではまず歌の詠まれた状況の一つである環境、その地域の人なら誰での知っている当時の生活環境を個々の歌に即して具体的に扱うことにした。そうすることでより分かりやすくなり、歌に親しむことが出来ると考えたからである。この状況を知ることの大切さを知った上で、次にさまざまな生活の中での状況を見きわめながら歌がどのような働きをしているのか、また時代の変化と共にどのように変わっていったのかを確かめたいと思う。万葉集には長歌も多く見られるが、ここでは初めて読む人をも考慮して原則として短歌を扱うことにし、長歌は必要最低限に留《とど》めた。それでも万葉集のおおよその傾向は分かるように配慮したつもりである。

なお、本書は主に万葉集を多少読んだことのある人が万葉の世界をもっと知りたいという時の手引きを意図したものであるが、初めて万葉集を読む人にとっても分かりやすく万葉の世界に興味がもてるよう特に配慮している。

歌の環境を読み解く

およそことばによる表現はたいていの場合ある状況の下で為される。歌の表現も同様に考えられるが、文化圏を同じくする同時代の者であれば、その状況は説明なしに分かったことでも、時が経《た》つにつれて文化的地理的環境が大きく変わってしまうと、そう簡単には分からない。

万葉歌も例外ではなく、たとえ分かったつもりでも実は状況を取り違えている場合もある。そこでここではいくつかの分かりやすい歌を取り上げ、知りうる限り歌を取り巻く歴史的・社会的環境、自然・地理的環境を復元し、その環境の中で生活した作者がどのような状況の下で歌を詠んだのかを明らかにしたいと思う。

明日香の宮跡

コメント

初めて万葉集を読む人のために、まず明日香《あすか》とはどんなところか紹介しておこう。一口で言えば、推古《すいこ》天皇、蘇我馬子《そがのうまこ》、聖徳太子《しょうとくたいし》、藤原鎌足《ふじわらのかまたり》、中大兄皇子《なかのおうえのみこ》（後の天智天皇）大海人皇子《おおあまのみこ》（後の天武天皇）、蘇我蝦夷《えみし》とその子入鹿《いるか》等が活躍した古代史の舞台である。推古天皇が崇峻《すしゅん》五年（五九二）十二月に豊浦宮《とゆらのみや》で即位して以来、持統八年（六九四）に藤原宮《ふじわらのみや》に遷るまでのおよそ一〇〇年ほどの間、明日香には小墾田宮《おはりだのみや》、岡本宮《おかもとのみや》、板蓋宮《いたぶきのみや》、浄御原宮《きよみはらのみや》をはじめとして代々の天皇の宮殿が多く造営されている。

板蓋宮は大化改新（六四五）のクーデターによって蘇我入鹿が殺された所であり、その北方の飛鳥寺《あすかでら》は大化改新で活躍した藤原鎌足が中大兄皇子と知り合うきっかけとなったところとしても知られている。また、明日香の南の隅には蘇我馬子の墓といわれている石舞台古墳があり、その辺りに馬子は邸宅を構えていたが、後に天皇家の所有となり「島の宮」といわれた。ここで話題となる飛鳥浄御原宮は壬申《じんしん》の乱（六七二）に勝利した大海人皇子（天武天皇）が即位した宮であり、持統八年（六九四）に藤原宮に遷るまで二十二年間、政治・文化の中心であった。天智・天武両天皇の皇子皇女たちにとっては文字通り故郷であった（一五頁略図参照）。
藤原京は中国の都をモデルに造られた都で、藤原宮を北にし、その南には碁盤の目のように整然と仕切られた町並みが広がっていた。計画的に造られたわが国最初の都であり、明日香の都とは比較にならないほどの大規模な都市であった。

明日香の地は旅行シーズンともなれば観光バスで遺跡を巡ったり、自転車や徒歩で地図を片手に歩くなど様々な人々が行き交い賑《にぎ》わうが、そうした人々が訪れる小高い山がある。甘橿《あまがし》の岡といい、明日香の中心部を一望できるので学生の頃研究会の仲間と登ったことがある。その頃はまだ道もなく踏み跡をたどって登ったと記憶しているが、観光地と化した今はきちんと整備された広場もあり、そこには次のような志貴皇子《しきのみこ》の歌碑が建っている。

明日香宮《あすかのみや》より藤原宮《ふぢはらのみや》に遷居《うつ》りし後に、志貴皇子《しきのみこ》の作りませる御歌《みうた》
（明日香宮から藤原宮に遷った後に、志貴皇子が作られた歌）
采女《うねめ》の袖吹きかへす明日香風《あすかかぜ》都《みやこ》を遠《とほ》みいたづらに吹く（巻1・五一）
（采女の袖をひるがえして吹く明日香の風、今は都も遠く去り、空しく吹くことよ）

明日香宮は飛鳥浄御原宮《あすかきよみはらのみや》をいう。藤原宮は藤原京の北に位置し、ここを起点にして道路が南北に通っていた。志貴皇子は天智天皇の皇子、壬申の乱では異母兄（大友皇子）が叔父（大海人皇子）と戦って敗れている。

まず、「采女の袖吹きかへす明日香風」という表現から浮かんでくるのは、高松塚古墳の壁画に描かれたような衣（上着）に裳《も》（スカート）を着けた女性の袖が、風に靡《なび》いている姿である。続く「都を遠みいたづらに吹く」の「都」は題詞《だいし》（歌の制作事情）によると藤原京であり、「いたづらに吹く」のは都も遷り、采女の姿も見られない明日香の地を吹く風である。作者もまた遷都後の明日香の地で風に吹かれているのだから、采女の衣の袖が風に靡《なび》いている光景は眼前にはなく、作者が以前眼にしたことのある光景であった。采女の袖が風にひらめく姿が鮮やかに浮かんでくるが、それにしても采女は何処にいるのだろう。

采女は地方豪族の子女の内から容姿端麗な者が選ばれた。宮中で炊事や食事などに奉仕した女性であるから宮中で見かけた姿と見るのが自然だが、貴人に従って外出した姿や路傍を歩いている姿とも想像できるし、また、一人なのか数人なのかについてもはっきりしない。

それは、明日香の地がどのようなところであったのか、当時の具体的な様相を知らないと分からない。つまり、飛鳥浄御原宮（明日香宮）の周辺には貴族や官人・庶民の家が密集していたのか、そこには藤原京や平城京のように整然とした町並みがあったのか否か等、歌の

甘樫丘からの明日香の集落。右端は飛鳥寺。明日香宮はその右側にあった。

表現からは明日香の具体的な光景が思い描けないために様々に想像できてしまう。だが、当時の明日香の様相が分かればこの問題は解決するはずである。

飛鳥浄御原宮は近年の発掘により大化改新の舞台となった飛鳥板蓋宮を整備、拡張して造営されたことが明らかになった。宮の西側には「白錦後苑《しらにしきのみその》」（庭園）と推定される苑池遺構も発掘されている。この宮の発掘はまだ部分的であるためその規模のほどは確かめられていないが、推定によるとほぼ東西三〇〇メートル、南北六〇〇メートルの中に正殿を初めとした各種の建物が建ち並んでいたようだ。

明日香の中心部はほぼ東西七〇〇メートル、南北一五〇〇メートルの長方形の内に収まるほどで、ここが飛鳥時代の中心とは思えないほどの狭さである。しかもこの枠内の東西には低い岡があり、南側は山で、北に向かって開けている地形である。略図（一五頁）に示したように飛鳥浄御原宮は南端の山裾から北の飛鳥寺の間に造営され、明日香中心部の六分の一程度だが、平坦地に占める割合はさらに大きくなる。しかも、宮の南端の西側には川原寺、その南には橘寺、北端は飛鳥寺に接し、その北西には水時計（水落遺跡）や辺境の民や外国使節の饗宴《きょうえん》の場と想定されている石神《いしがみ》遺跡がある。また、宮の東北の丘陵には富本銭《ふほんせん》などの鋳造や宮中で使用された工芸品などの工房（飛鳥池遺跡）があった。

こうしてみると、明日香の中心部の大半は宮殿とその関連施設、寺院で占められていたことになる。天武天皇と持統天皇の間に生まれた草壁皇子も蘇我馬子の墓と伝えている石舞台古墳の近くの「島の宮」を居宅としていたことから見て、明日香の中心部には貴人の私邸はなく、その周辺にあったとしてもその余地は少ないから、ごく僅かであったと見てよさそうだ。ましてや、身分の低い官人や庶民はその周囲に住居を持つことはなかったろう。

藤原遷都後の明日香には饗宴施設である石神遺跡や寺院などは残されていたようだが、飛鳥浄御原宮の主要な建物は藤原宮に移されたと思われるので、この辺りはもはや人影もなく静まりかえっていたに違いない。志貴皇子の歌は人影もない宮跡に立った時の感慨を詠んだもので、「采女の袖吹きかへす明日香風」とは、かつての活気に満ち、華やいだ宮殿の様相

〔明日香の中心部〕

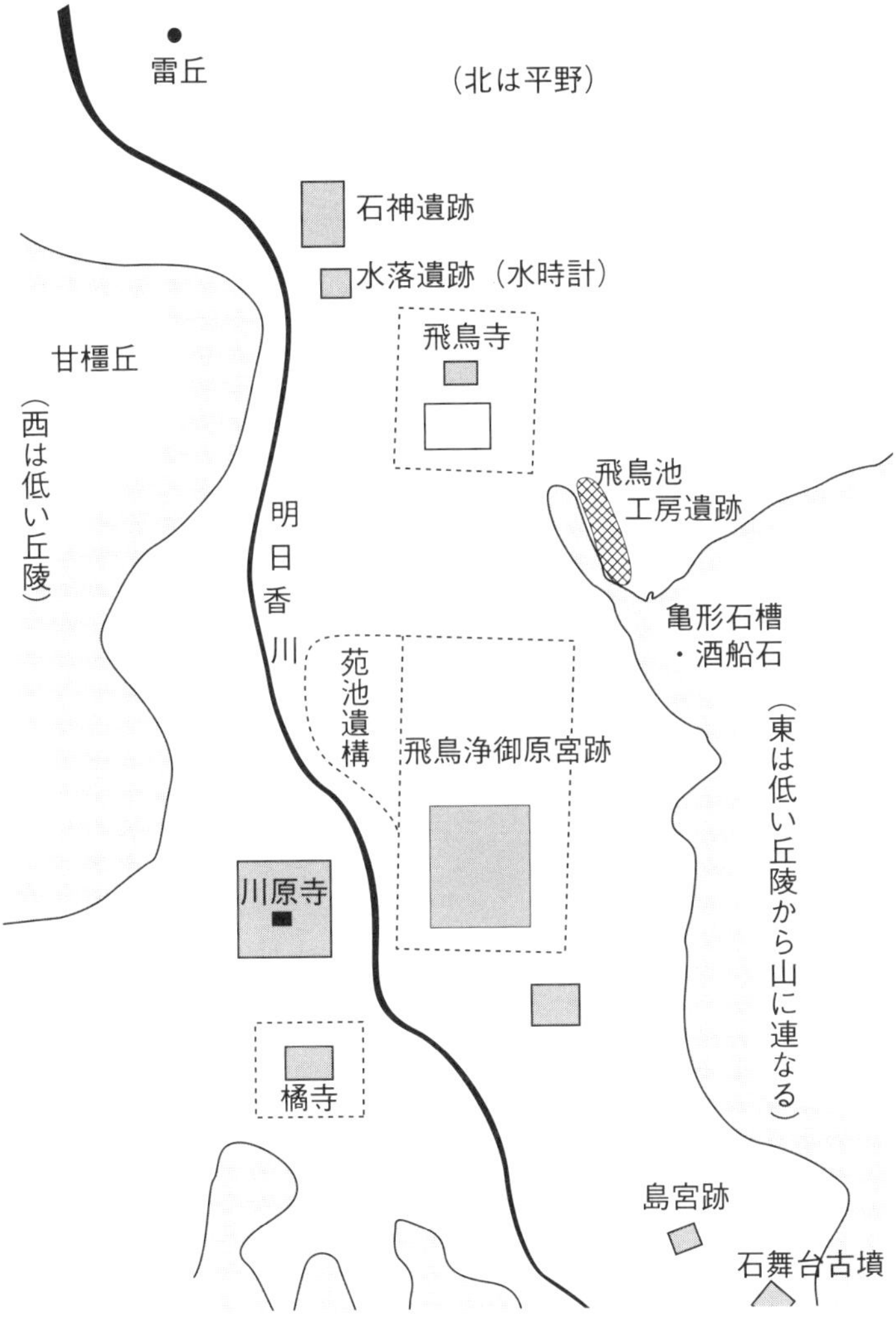
雷丘
（北は平野）
石神遺跡
水落遺跡（水時計）
飛鳥寺
甘樫丘
（西は低い丘陵）
飛鳥池
工房遺跡
明日香川
亀形石槽
・酒船石
苑池遺構
飛鳥浄御原宮跡
（東は低い丘陵から山に連なる）
川原寺
橘寺
島宮跡
石舞台古墳

を采女の姿態《したい》を以て象徴的に表現したものである。そうすると当然采女は一人ではなく、数名が連なったり、行き交ったりした姿でなくてはならない。

その華やかなかつての宮殿はもはや無く、この明日香の地に虚しく風が吹いている。この変転のさまを風の姿（様子）で表現したのがこの歌で、万葉集の風の風景を詠んだ歌の中で屈指《くっし》のものとなっている。

奈良の都・平城京

コメント

ここでは奈良の都（平城京《へいじょうきょう》）を詠んだ歌を扱うので、平城京の平面図を基にしてどの辺りに何があったのか、その位置関係を確認することから始めよう。

平城宮は平城京の北の中央にあり、一キロ四方の正方形に東の張り出し部分を加えた形になっている。この宮域に儀式などを行う中心の建物である大極殿《だいごくでん》とその関連の建物群、天皇の居所である内裏《だいり》があり、さらにその周辺には多くの役所の建物が建ち並んでいた。東京でいえば、皇居と霞ヶ関の官庁街に相当しよう。平城宮は築地塀《ついじべい》で囲まれ、各所に出入りする門があった。

二条大路に面する中央には朱雀門《すざくもん》があり、ここから南へ真っ直ぐ延びている道が朱雀大路《すざくおおじ》で京の入口の羅城門《らじょうもん》まで続いている。この朱雀大路を挟《はさ》んで左右に一坊から四坊までの大路が南北に連なり、東西には北から一条～九条までの大路が延び、碁盤の目のような街並みを形成している。この大路には街路樹として柳が植えられ、その両側は東西南北に水路が張り巡らされていた。

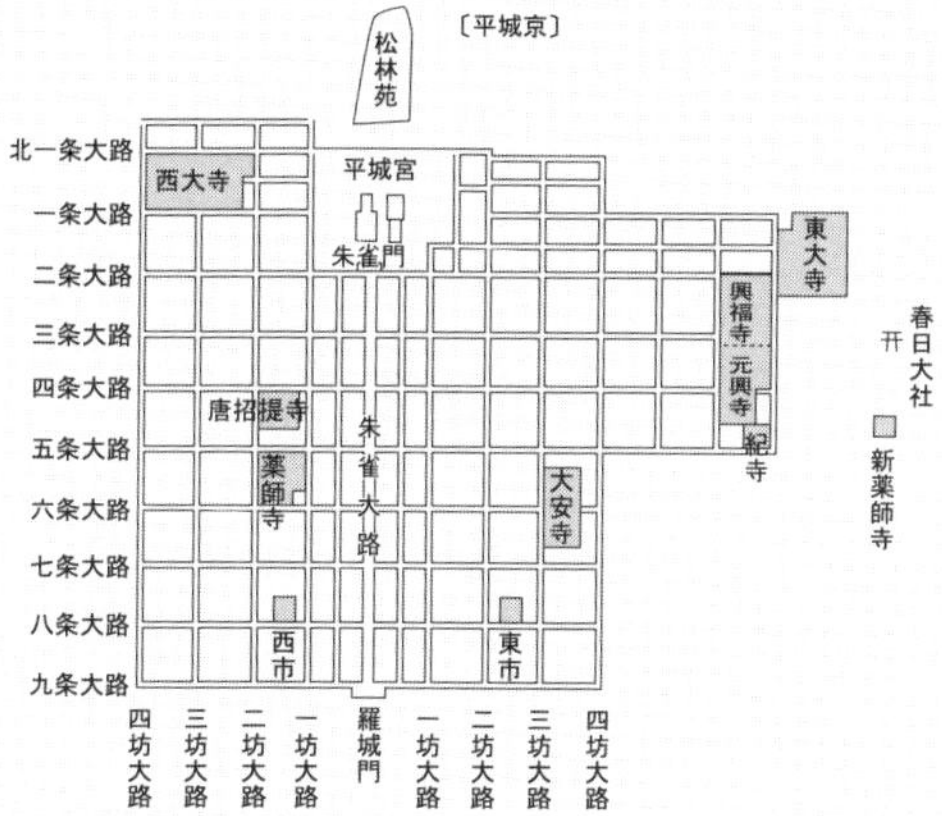

この区画された京域内に寺院や貴族等の大邸宅、また中・下級官人や庶民の住宅が建ち並び、羅城門の近くには公営の東西の市があった。宅地の広さや場所は身分によって違い、身分の高いものは通勤に便利な平城宮の近くに、庶民の多くは遠く離れた羅城門寄りに住んでいたようだ。もちろん郊外から通勤する者も多くいたろう。

平城京の人口は十万ともその半分程度とも推定されているが、いずれにしてもそれらの住居の建設だけでも大変である。ましてや平城宮や大寺院、大邸宅となると、木材、石材、瓦等大量の資材を必要とした。これらは周辺からも調達されたが、それだけではとうてい賄《まかな》えないので遠隔地からも運ばれている。例えば木材は宇治川上流の山林（田上山《たがみやま》）から筏《いかだ》に組んで流し、最後は陸路を引いてきた。石材は近くから多く調達しているが、明日香の宮や藤原京からも大量に運ばれ、奈良と大阪の県境の二上山《ふたがみやま》辺りからも運ばれている。また、瓦の多くは平城京の近くで造られたようだが、遷都の時には藤原京からも運び込まれている。

こうしてみると平城京の造営には長年にわたって大量の資材と労働力が必要であったことが分かる。資材の量も労働力も次第に減少していったとはいえ、和銅三年（七一〇）前後から天平元年（七二九）くらいのおよそに十数年間は、平城京のあちこちで建設工事が行われていたとみてよいであろう。これほどの都であるからいつも何処かで工事は行われているわけだが、特に遷都後の十数年間は建設途上の状態であったといえよう。なお、現在の奈良市の中心街は外京《げきょう》といわれた平城京の張り出し部分辺りであるから、平城宮は近鉄奈良駅から西北西に二キロほど寄ったところになる。

歌の詠まれた環境が分かっている場合は問題ないが、その環境が失われている場合はそれを復元した上でなければ十分な歌の理解は得られない。環境の復元が不十分であれば、当然歌の読みも違ってくる。その典型は次の歌であろう。

大宰少弐《だざいのせうに》小野《をのの》老《おゆの》朝臣《あそみ》の歌一首

あをによし奈良の都は咲く花のにほふがごとく今盛りなり（巻3・三二八）

（「あをにも美しい」奈良の都は満開の花が輝くように今真っ盛りだ）

奈良の都といえば「いにしへの奈良の都の八重桜《やへざくら》けふ九重《ここのへ》ににほひぬるかな」という小倉百人一首の歌と共に、まず浮かんでくるのはこの歌であろう。奈良で観光バスに乗ったことのある者なら誰しも一度は耳にしたことがあるに違いない。それほどよく知られた歌で、都の繁栄の様を礼賛したものであるが、「奈良の都は……今盛りなり」とあるだけで、具体的な光景は表現されていない。作者が眼にした都の「盛り」である様は「咲く花のにほふがごとく」と比喩されていることから、満開の花（桜か）の美しさに見合った華やかな都を思い描いてしまう。

その奈良の都といえば、まず思い浮かぶのは復元された朱雀門に代表されるような、瓦葺《かわらぶ》きに丹塗《にぬ》りの柱、白壁といった大陸風の豪壮な建物が建ち並んだ平城京の光景や、朱雀門からまっすぐ南に続く朱雀大路を中心に碁盤の目のように整然と区画された街路、そこには皇族貴族の豪華な邸宅や寺院が点在し、官人から庶民に至るまでの大小様々な家々が立ち並んだ光景、その街中には、貴族から庶民に至るまでの様々な人が行き交い、賑《にぎ》わっているといった漠然とした都の姿である。

「咲く花のにほふがごとく」という比喩からは、美しく彩《いろど》られた建物や人々で賑わう光景が浮き立ち、周囲や細部は漠然として霞に包まれたような光景が浮かんでくるが、それは現在奈良市役所のロビーに陳列されている平城京の完成した模型が念頭にあるからで、作者小野老も同様の光景に接して都の繁栄を讃《たた》えたと断言するにはやや不安がある。

というのは、藤原の地から平城に都が遷ったのは和銅《わどう》三年（七一〇）だが、都が完成し

復元された朱雀門。ここを基点として朱雀大路は南に約3.6ｋｍほど続く。

て遷都したわけではなく、翌年になってもまだ「宮の垣は未完成で、防備も不十分であった」（続日本紀《しょくにほんぎ》・和銅四年〔七一一〕九月）という状態であり、この歌の詠まれた時期によって都の様相はかなり違ってくるからである。

小野老の歌が何時詠まれかは明記されていないが、朝集使《ちょうしゅうし》（勤務評定書などの文書を中央に報告する使い）など、何らかの公務で上京し、帰任後大宰府《だざいふ》で催された宴の席上で披露されたものと推定される。それは天平《てんぴょう》元年（七二九）の頃であった。そこで、この頃の平城京の様相が分かれば「咲く花のにほふがごとく」と讃えた繁栄のさまが明らかになるに違いない。

天平《てんぴょう》元年（七二九）といえば平城京に遷って十九年後のことになる。遷都の時にはまだ宮の垣も未完成であり、その後造営事業は五～六年にわたって精力的に行われたらしい。歴史書である『続日本紀《しょくにほんぎ》』には、遷都の翌年諸国から徴発された役民《えきみん》（各地から駆り出された労働者）が造都に疲れて多く逃亡した（和銅四年〔七一一〕九月）とあるほか、都での任務を終えて帰郷の途中餓死する役民が多くあった（和銅五年〔七一二〕正月）とある。また、同様の窮状にある者たちを救援するよう諸国の国司《こくし》（役人）に対策を命じている（和銅五年〔七一二〕十月）。

これらの役民は造都事業に駆《か》り出《だ》された者たちで、その多くは平城宮の造営に当たったと思われるが、これらの事業が一段落した霊亀《れいき》から養老《ようろう》年間（七一五〜七二三）にかけては新たに造寺事業が始められた。藤原氏の氏寺であった興福寺《こうふくじ》は遷都後間もなく建てられたらしいが、大安寺《たいあんじ》、元興寺《がんごうじ》、薬師寺《やくしじ》はこの頃明日香や藤原の地より移されている。

このように平城遷都後も平城宮の造営は続けられ、それらが一段落した頃から大寺の移転が始まったが、その時期がずれているのは役民の疲弊《ひへい》・逃亡に明らかなように、大規模な工事に要する労働者の確保が難しかったからであろう。

聖武天皇が即位したのは造都や造寺事業がほぼ一段落した神亀《じんき》元年（七二四）である。この年の十一月、時の朝廷は、万国の使者が来る都は壮麗でなければ天皇の徳を表すことが出来ないとし、従来の家屋である板屋《いたや》や草葺《くさぶ》きの家は建造が難しい上に壊れやすく財産の無駄遣いにもなるので、五位以上の官人と庶民の中で資力のある者には瓦葺《かわらぶ》きの家を建て柱や壁は赤や白に塗るようにとの政策を天皇に申し出、許されている（神亀元年〔七二四〕十一月八日）。

この記事によると、それ以前の都には宮殿や寺院を除くと板屋（板葺き）や草葺きの家が建ち並んでいたことになる。時の左大臣長屋王《ながやのおおきみ》は聖武天皇の即位に合わせて、帝王に相応《ふさわ》しい壮麗な都の造営を企画したものと思われる。造都、造寺に引き続いて、以後貴族・官人や富豪の民の華麗な邸宅の建築が始まり、多くの労働者を必要としたために各地から工事に従事する人々が集められた。

都といえば多くの店が建ち並び往来する人々で賑わうさまが思い浮かぶが、普段はそれほどではなかったろう。平城宮の正門に当たる朱雀門から、平城京の入口の羅城門に向かって南にまっすぐ延びる幅七十二メートルの朱雀大路には、両側に街路樹として柳が植えられ、その外側は水路であった。しかもこの大路に沿った宅地には三位以上の上流貴族以外は大路に面して門を作ることが許されなかった。この一つをとっても、現在の大都市に見られるような様々な店舗が並んだ繁華街の賑わいを想像することは出来ない。

平城京の人口は、五位以上の貴族が百数十人ほど、位を持った（六位以下初位以上）官人が六百人程度、位を持たない（無位）下級の官人が六千人程度、その他一般の住民や僧尼などを合わせて五万から十万人程度であったと推定されている（位階については二五〜二六頁を参照されたい）。

官人の仕事は夜明けから正午までの半日で、出勤する早朝は平城宮に向かう人々で混み合ったと思われるが、官人たちには常勤（年二四〇日以上）と非常勤（年一四〇日以上）があり、非常勤の官人は交替で勤務に当たっていたから毎朝六千人以上の官人が出勤したわけではなく、通常はその半数程度であったろう。帰宅時は仕事の関係で前後したようだから出勤時ほどではなかったろう。つまり、官人たちは家との往復する時以外は都の警備に当たった者たちを除けば平城宮の役所に詰めていたので、通常は大路といえども人の往来が頻繁にあったとは思えない。平城宮内は官人や女官が大勢いて華やいだ雰囲気に満ちていたとしても、一歩街中に出れば普段は往来する人影もまばらであり案外静かであったに違いない。

唯一賑わいをみせたのは都の南の外れ、八条大路に面した公営の東西の市の辺りであったろうか。東西の市では日常の生活必需品をはじめ、武具や馬具等の売買が行われていたが、営業時間は正午から日没までと決められていたから、賑わったのは季節によっても違うが午後の四〜五時間程度であり、夜ともなれば街路に人影は殆ど見かけなかったろう。

ところが、小野老の眼にした天平元年頃の平城京は、夜間は人影もなく静まりかえっていたろうが、昼間は、宮殿や大寺に続いて貴族・官人や財力ある民に瓦屋根に丹塗りの柱・白壁という中国風の邸宅の建造が許されたこともあって、あちこちに豪壮な建物の建造が始まっている。またその建物に相応《ふさわ》しい庭園も造られたため、工事に携わった人々で賑わっていた。さらに、これらの建築や造園に必要な資材やこれらの工事に携わった人々の生活に必要な物資も各地から運び込まれるなど、都は活気に満ちていたろう。

平城京内に華麗な建物が見られるようになって、以前とは違った華やいだ景観が現れたばかりでなく、通常とは違って都は工事関係者で賑わっていた。平城京の造営は平城宮とその京域の整備に始まり、それが一段落すると次に大寺院の移築が行われ、さらに大邸宅の建築へと移っている。小野老は、こうした建設途上にある平城京の活気に満ちた活動的な様子を「咲く花のにほふがごとく」と比喩したのであって、完成された都の美しさを、漠然と繁栄したさまとして詠んだわけではあるまい。

【位階について】

親王	諸王諸臣	
一品	正一位	
	従一位	
二品	正二位	
	従二位	
三品	正三位	
	従三位	
四品	正四位	上
		下
	従四位	上
		下
	正五位	上
		下
	従五位	上
		下
	正六位	上
		下
	従六位	上
		下
	正七位	上
		下
	従七位	上
		下
	正八位	上
		下
	従八位	上
		下
	大初位	上
		下
	少初位	上
		下

奈良時代の官人は右のような位階によって役職や給与が決められていた。例えば左大臣、右大臣になるためには「正（従）二位」の位でなければならないというように。給与体系は複雑であるが、大まかには五位以上と以下では格差があまりにも大きいということである。五位以上は位に応じて米や布などの他に季禄《きろく》（ボーナス）として鍬・綿などが支給されたが、六位以

下の官人は季禄（ボーナス）だけであった。そのため彼等は国から与えられた口分田《くぶんでん》を耕作し、農繁期には休暇が与えられている。

位階のおおよそは次のようになっていた。親王《しんのう》（皇子）には一品《いっぽん》から四品《よんぽん》が与えられ、内親王《ないしんのう》（皇女）もこれに準じている。親王の子は五世孫までは「〜王《おおきみ》」、「〜女王《おおきみ》」といわれ、諸臣と同様の位階が与えられている。一位から三位までは「正《しょう》」「従《じゅ》」の二階級であるが、四位以下はさらに「上下」に別れて、正四位上《しょうしいじょう》、正四位下《しょうしいげ》、従四位上《じゅしいじょう》、従四位下《じゅしいげ》のように、それぞれ四階級になっている。五位以上は貴族といわれる特権階級であり、とりわけ三位以上は別格扱いであった。もっとも奈良時代では五位以上の貴族は百数十名程度であり、三位以上はほんの僅かである。

官人は毎年勤務評定され、六年分を合わせて評価の良かった者だけが昇進できたが、これによると数十年勤務して総てよい評価を得ても、数階級しか昇進できないことになる。「位」を持たない者は「無位《むい》」といわれた。無位のまま生涯を終えた下級官人も多くいたろう。万葉集でお馴染みの山上憶良《やまのうえのおくら》も四十歳くらいまでは無位であった。

奈良の明日香

次の歌は前の二首ほどには知られていないが、特に難しい箇所もなく何となく分かったような気がする。だが、心を留《と》めてみると詠まれた情景が思い浮かばないことに気づく。

大伴坂上郎女《おほとものさかのうへのいらつめ》の元興寺《ぐわんこうじ》の里を詠める歌一首

故郷《ふるさと》の明日香《あすか》はあれどあをによし奈良の明日香を見《み》らくしよしも（巻6・九九二）

（故郷の明日香の里もいいところですが、（あをによし）奈良の明日香を見るとそれはそれでまたいいですよね）

元興寺《がんごうじ》の里を讃えた歌であることは分かるが、この歌も詠まれた当時の都の様子を知らないとよく分からない。「故郷の明日香」とは、かつて飛鳥浄御原宮《あすかきよみはらのみや》をはじめとした宮殿が造営された現在の明日香村である。坂上郎女の誕生は大宝二年（七〇二）かそれ以前の数年の内と推定されるので、彼女は藤原京かその近郊の竹田《たけだ》の庄《しょう》、跡見《とみ》の庄など大伴家の所領で過ごしたわけで、藤原に遷都する以前の「故郷の明日香」を眼にしたことはなく、宮殿や寺院の建ち並んださまを周囲の者たちから伝え聞いていたのだろう。

奈良朝に至る代々の天皇は天武天皇の子孫たちであり、彼らの直接の祖先である天武天皇の飛鳥浄御原宮は特別なものとして代々語り継がれてきたに違いない。つまり「故郷の明日香」とは推古天皇以来数代にわたって宮殿が営まれた地というだけでなく、主に天武の時代を念頭に置いたものであったろう。

その「故郷の明日香」と並び称される「奈良の明日香」とはどのような所であったろうか。平城京の平面図（一七頁）を見て戴きたい。この歌の詠まれた天平五年（七三三）の頃、平城京の大寺は、興福寺、大安寺、元興寺、薬師寺であった。その内で薬師寺は西の京（右京）に離れていたが、他の三寺院は東の京（左京）にあり、興福寺と元興寺は春日山の麓に猿沢の池を挟《はさ》んで南北に接していた。

現在は奈良市街に高層建築が林立して視界が遮《さえぎ》られ、遠くからは興福寺も元興寺も見えないが、当時は小高い所に立つ壮大な伽藍《がらん》の一部は遠方からでも見通すことが出来たろうし、近づいてみれば二つの大寺の壮大な伽藍が建ち並んださまは、伝え聞く「故郷の明日香」の寺々と比べてみても決して見劣りのしない光景と見て、坂上郎女は「奈良の明日香」もすばらしいと讃《たた》えている。

恐らく、元興寺付近に出掛けた折りに同行の誰かが故郷の明日香から移された元興寺を見て、「故郷の明日香」のすばらしさを語ったのに対し、「故郷の明日香」も良いでしょうが、この「奈良の明日香」だって同様にすばらしいですよ、との答えとしてこの歌は詠まれたものだろう。既に歌はこれ程生活の中にとけ込んでいた。

これらの歌に共通するのは、歌が詠まれた当時の、周囲の様子が直接表現されていないことである。そこで読む側の想像が様々になりやすいわけだが、考古学や歴史学の成果などを踏まえて出来るだけ当時の様相を復元することが必要である。その上で再び歌を詠まれた当時の環境の中に戻してみた時、はじめてその歌の本来の姿が見えてくる。

古代の田子の浦

コメント

次は今までとは若干記述の仕方が違うので、初めて読む人には煩わしいかも知れない。万葉集に詠まれた「田子の浦」は何処かという問題を扱っているからである。現在研究者の多くは私の考えている場所とは違うところを「古代の田子の浦」と考えているので、そこではないというためには、その理由をさまざまな資料を用いて説明しなければならないからである。できる限り分かり易くしたつもりだが、それでも限界はある。でも、ここでは万葉集を読む楽しみの一つとして、ある事柄を探索する楽しみのあることも知って貰えればと思う。

飛鳥の宮、藤原の宮、平城の宮などは長年の発掘の成果を基にその全体像が推定されている。これまではその復元された環境、いわば歴史的、社会的環境の中で詠まれた歌を取り上げてきたが、次に自然、地理的環境について考えてみよう。

万葉集では自然は人事と対比され、人事が変わりやすいものであるのに対し、自然は不変なものとして詠まれている。確かに狭い範囲で見れば変転する人の世に比べて、自然は不変のようにも見えるが、いうまでもなく万葉時代の自然がそのまま現在に残っているわけではない。そこで自然、地理的環境についても必要に応じて万葉時代の環境を復元し、その状況下で読むことが求められよう。ここでは「田子の浦」の環境を考えることになるが、まずは「田子の浦」の地名が詠み込まれている山部赤人《やまべのあかひと》の富士山詠の全容を確認することから始めよう。

一、赤人の富士山詠

山部宿禰赤人《やまべのすくねあかひと》の富士山《ふじのやま》を望める歌并《あは》せて短歌

①天地《あめつち》の　分《わか》れし時ゆ　神《かむ》さびて　高く貴《たふと》き　駿河《するが》なる　富士の高嶺《たかね》を　天《あま》の原《はら》　振《ふ》り放《さ》け見れば

②渡る日の　影《かげ》も隠《かく》らひ　照る月の　光も見えず　白雲《しらくも》も　い行《ゆ》きはばかり　時じくそ　雪は降りける

③語り継《つ》ぎ　言ひ継ぎ行かむ　富士の高嶺は（巻3・三一七）

（①天と地が分かれた時から、神々しく高く貴い、駿河の国の富士の高嶺を、天空はるかに振り仰いでみると　②天空を渡る陽の光も遮《さえぎ》られ、照る月の光も見えず、流れる白雲も遮られて進めず、時を置かず常に雪が降り積もっている　③後々までも語り伝え、言い伝えていこう、この富士の高嶺は）

反歌《はんか》

田子《たご》の浦《うら》ゆうち出《い》でて見れば真白《ましろ》にそ富士の高嶺《たかね》に雪は降りける（巻3・三一八）

（田子の浦を出てふと見ると、真っ白に富士の高嶺に雪が降り積もっていることよ）

長歌は便宜的に三つに分けてみると、まず①の「天地《あめつち》の分《わか》れし時ゆ」とは、混沌とした状態から天と地が分かれ、この世が形づくられたという神話に基づくもので、ここではこの世の始まりとともに富士は神の山として高く貴い姿のままにあるとし、その山容を天空はるかに振り仰いでいる。

続く②では仰ぎ見た富士の姿を具体的に描いている。この部分は天空に聳《そび》え立つ富士の姿を描くために、太陽や月の光は遮《さえぎ》られ、雲も阻《はば》まれて行き泥《なず》み、その高い嶺は常に雪に覆《おお》われているとし、さまざまな景を重ねて神の山として屹立《きつりつ》した姿、その存在感を際立《きわだ》たせている。この圧倒されるような霊峰を

田子の浦港にある山部赤人の歌碑。古代の田子の浦はこの辺りから西で、内陸部に入り込んでいた。富士山は歌碑の右手奥。

目の当たりにして、③では後々までもずっと語り継いでいこうと結んでいる。

締めくくりとなる反歌は、長歌で山容の具体的描写に用いられた日月、白雲、雪の内から雪に焦点を当て、雪に覆われた高嶺の姿を繰り返し描いているが、それは赤人がここに神たる所以《ゆえん》を見たからであろう。

この富士山詠は赤人が東国（関東）への旅の途上で初めて富士を見た時の感慨―想像を越えた山容の存在感に圧倒されるとともに、その神秘的な姿に畏敬《いけい》の念を抱いて詠んだものである。しかもそれは富士の全容を目の当たりにした時のものであったに違いない。そうでなければ長歌の表現は不可能だろう。こうしてみると赤人が富士の全容を目にした場所も自ずから限定されよう。

東海道を東に向かった場合、富士の全容を始めて見渡すことができるのは富士川の辺りであろう。この辺りを東海道線で東に向かうと「かんばら」の駅を出て、「しんかんばら」を過ぎた辺りから大きく北に曲がりながら「ふじかわ」に向かって北上し、そこを過ぎると今度は東に大きく曲がって富士川を越え、やがて「ふじ」さらに徐々に南下しながら「よしわら」に至る（三五頁地図参照）。東海道はほぼ東海道線と並行していたから、初めて富士の全容を目の当たりにできるのは「ふじかわ」の近辺とみてよい。この辺りからは北東に麓からそそり立つ、雄大な富士の全容が望見できる。

実はこの辺りは、古くは東海道線の南側の部分は海が内陸深く入り込んでいたと考えられるので、そこが「古代の田子の浦」であったと想定できる（地図C～D）。後に詳しく説明するが、おそらく赤人は田子の浦を右手に見ながら西側の海岸に沿って北上する途上で、初めて富士の全容を目の当《まあ》たりにしたのだろう。赤人の歌にみられる富士の圧倒的な存在感は、こうした自然、地理的環境を加味するといっそうよく分かる。ただ、現在一般に「古代の田子の浦」といわれているのは、私の想定とは別のさらに西側とされているので、以下改めてこの点について考えてみよう。

二、古代の田子の浦はどこか

最近の注釈書類の多くは田子の浦を静岡市清水区興津《おきつ》東町の海岸から庵原郡蒲原町《いはらぐんかんばら》にかけての海岸としている（地図B～C）。興津から薩埵《さった》峠を越え、由比に出る山道には山間《やまあい》から富士の見えるところがあり、ここは西からやって来た旅人が始めて富士を間近に見ることのできる場所なので、赤人はこの道を通って富士を見て詠んだと考えるからである。

ところが、鎌倉時代の貞応《じょうおう》二年（一二二三）京から鎌倉に向かった『海道記《かいどうき》』（作者未詳）の作者は、興津から蒲原への途中の岫崎《くきがさき》では打ち寄せる波の間を急いで通ったと記しているから、海岸の道を通ったことは明らかである。また仁治《にんじ》三年（一二四二）に鎌倉に向かった

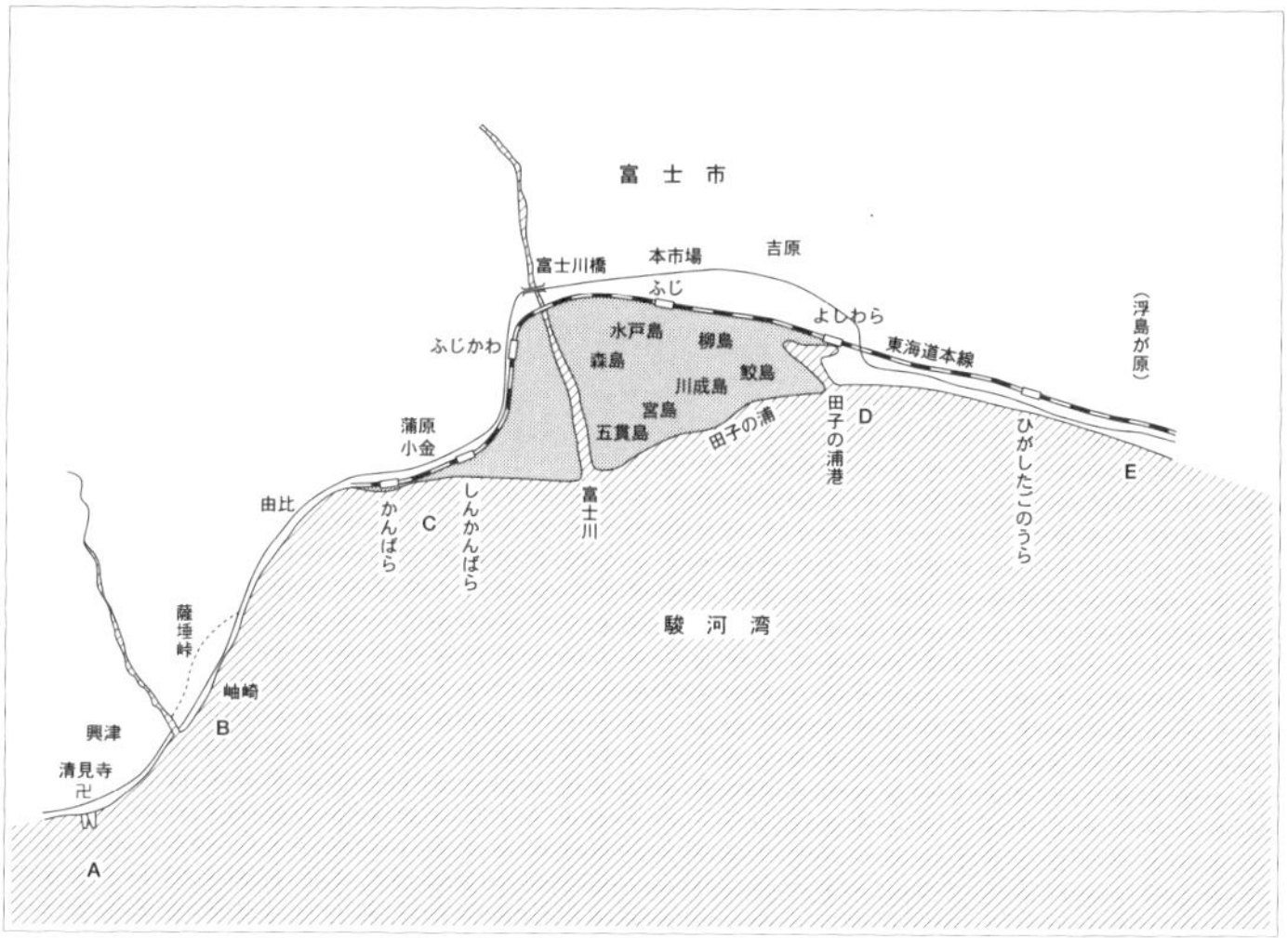

『東関《とうかん》紀行《きこう》』(作者未詳)の作者も、岫崎《くきがさき》では荒磯の岩間を波しぶきに濡れながら急いだと記している。この辺りは東海道の難所の一つであったようだから迂回路《うかいろ》として薩埵《さった》峠越えの道もあったろうが、通常は海岸に沿った道を利用したと考えられる。薩埵《さった》峠の道は江戸時代の明暦《めいれき》元年(一六五五)に、朝鮮通信使の一行が江戸に向かった折りに整備され、以後東海道として使われていたようだが、安政《あんせい》二年(一八五五)の大地震で海岸が隆起したため再び海岸沿いの道に戻っている。

これらのことから類推すると、奈良時代の東海道もこの辺りは海岸を通っていたと見ることができ、赤人が薩埵《さった》峠を越えたかどうかは分からない。通常なら海岸沿いの道を通るはずだから、むしろ可能性は低いと見なければならない。しかも現在、奈良時代の田子の浦と推定されている海岸は（地図B～C）、『海道記』には「大和多《おおわだ》の浦」とある。

どうやら最近の諸注釈等のいう奈良時代の田子の浦説（地図B～C）は考え直す必要がある。

では万葉に詠まれた田子の浦は何処なのであろうか。改めて記録を基に考えてみよう。

田子の浦についてのもっとも古い記録は『続日本紀《しょくにほんぎ》』にみられる。奈良時代の天平勝宝《てんぴょうしょうほう》二年（七五〇）三月十日の条には、駿河国《するがのくに》の守《かみ》（中央から派遣された最高責任者）楢原造《ならはらのみやつこ》東《あずま》人《ひと》等が「廬原《いおはら》郡多胡浦《たごのうら》の浜」で得た黄金を献上したとある。この場所は富士川の西側現在の蒲原町で、そこには小金という地名もある。

ところが鎌倉時代の弘安《こうあん》二年（一二七九）、阿仏尼《あぶつに》は土地の相続をめぐる争いを訴えるために鎌倉に向かうが、その旅日記である『十六夜日記《いざよいにっき》』には、富士川を渡って田子の浦に出たと記している。これによると田子の浦は富士川の東になる。これより前の仁治三年（一二四二）に『東関紀行』（作者未詳）には、蒲原を過ぎ「田籠《たご》の浦に打出《うちいで》て、富士の高嶺を見れば～」とも記されていて、この場合も蒲原の東であるから『十六夜日記』と同じとみてよい。

一方、室町時代の連歌師飯尾宗祇《いいおそうぎ》の『名所方角抄《めいしょほうがくしょう》』（文亀《ぶんき》二年（一五〇二）以前に成立）には、田子の浦は三保《みほ》の入江（静岡市清水区興津清見寺町付近か）から浮島が原（富士市東部）までの間とある（地図A～E）。また、天文《てんぶん》十三年（一五四四）には宗祇の孫弟子と思われる宗牧《そうぼく》が蒲原に立ち寄った折に、見送りに来た蒲原城の城番であった飯尾豊前守兼連《いいおぶぜんのかみかねつら》らに田子の浦はこの辺りかと尋ねたところ、清見の関から蒲原まで（地図A〜C）と教えている。

こうしてみると、奈良時代に蒲原が田子の浦の内にあったことは確かだが、記録からはその範囲までは分からない。下って鎌倉時代の記録では富士川より東、あるいは蒲原より東ということになる。ところが室町時代になると蒲原の東だけではなく、西もその範囲内としたり、さらに限定して蒲原と清見の関の間とするなど、むしろ西側に広がりをみせている。

これは一体どうしたことだろう。この違いは鎌倉時代のものが紀行文であるのに対し、室町時代のものが連歌を嗜《たしな》む者たち、つまり記録者の違いによるらしい。

連歌は和歌の上の句（五七五）と下の句（七七）を交互に詠み連ねていくものだから、当然和歌にも詳しい。そこで思い浮かぶのは万葉集の次のような歌である。

田口益人大夫《たぐちますひとのまえつきみ》の上野国《かみつけのくに》の司《つかさ》に任《ま》けらえし時に、駿河《するが》の清見《きよみ》の崎に至りて作れる歌二首

（田口益人大夫が上野の国司《こくし》（役人）に任命された時に、駿河の清見の崎で作った歌二首）

廬原《いほはら》の清見の崎の三保《みほ》の浦の寛《ゆた》けき見つつもの思ひも《も》なし（巻3・二九六）

（廬原の清見の崎の三保の浦の広々とした海を見ていると、晴れ晴れとした気持ちになり、さまざまな思いも忘れてしまう）

昼見れど飽《あ》かぬ田子の浦大君の命《みこと》恐《かしこ》み夜《よる》見つるかも（巻3・二九七）
（昼間にいくら見ても見飽きることのない田子の浦なのに、大君のご命令で旅する身なので夜見て通ることになってしまったなあ）

この二首は内容からして同時の作ではないが、題詞《だいし》（歌の制作事情を記したもの）では清見の崎で詠んだことになっているので、二首目の田子の浦は清見の崎の辺りということになる。ところが蒲原の東も田子の浦といわれていたので、宗祇は田子の浦の東の境を浮島が原とし、西のはずれを清見の崎（清見潟）の辺りと見て、三保の入江としたようだ。浮島が原と清見の崎の間が田子の浦ということになるが、この三つの地名は総て歌枕《うたまくら》（歌に詠まれた名所）であり、和歌の知識をもとに決めたのではないかと思われる。

一方、宗牧の問いに答えた蒲原城番たちは蒲原が田子の浦の一部であることは知っていて、その範囲をそこより西とし、歌枕として知られている清見の関としているが、それは宗祇の説を参考にしたか、あるいは万葉歌の影響によるものだろう。

十一世紀の初め菅原孝標《たかすえ》の娘は地方官であった父親が京に戻ることになったため東海道を旅しているが、彼女の『更級日記《さらしなにっき》』には田子の浦は波が高かったので船に乗ったと記している。ここでいう田子の浦も蒲原と清見の間かも知れないが、そうだとすればこの場合にも和歌（万葉歌）の知識によって清見崎の付近と思っているのかも知れない。

また、天正《てんしょう》十八年（一五九〇）、豊臣秀吉の小田原攻めの際に作製された「小田原陣ノ時街道筋諸城守衛図」には富士川の東、吉原の付近に田子の浦とあるという。

室町時代を挟《はさ》んで前後の時代の記録では田子の浦は富士川の東とされ、室町時代、しかも和歌に詳しい者だけが清見の辺りを田子の浦の西の境としているのは、やはり万葉歌を基に決めたとみてよいであろう。田子の浦は現在の地名にも残っている富士市の南部と蒲原の一部（地図C～D）と考えられる。ただ現在の海岸線はほぼ直線でとても「～浦」とはいえない。ではどうして田子の浦という地名が残っているのか、以下地図を基に考えてみよう。

東海道は蒲原から東に向かう場合、まず東北に向かい、富士川の西側を北上して富士川を渡り、富士市に入ると東に向きを変えている。地図を見ると富士川の西側は東海道本線と並行し、東側は東海道本線のほぼ一キロ北を並行していることになる。明治期に参謀本部陸軍部測量局によって作製された「輯製《しゅうせい》二十万分一図」もほぼ同じコースであるから、東海道は古代から近代までほぼこのルートを通っていたとみてよいだろう。この道は現在の田子の浦港の東からは千本松原といわれる海岸に沿って沼津方面に向かっている。富士市の東西は海岸に沿っているのに、富士市の中心部だけが大きく内陸部に入り込んでいることになるが、古くは海岸線が現在よりも内陸側にあったために湾曲していると見てよいであろう。

おそらく東海道線「よしわら」駅から「かんばら」駅間の南側は海が入り込んでいて、ここが本来の田子の浦であったろう。蒲原が田子の浦であったことは記録の上でも問題ないから、その範囲は蒲原から田子の浦港辺りまでと思われる（地図C～D）。東海道線「ふじ」駅の南側には柳島、水戸島、森島という地名があり、さらに海岸寄りに鮫島、川成島、宮島、五貫島と、この辺りには「～島」という地名が多く見られる。鎌倉時代には蒲原側に関島という地名もあったらしい。

これらの地名は富士川河口の三角州に集中していることからして、もともとこの辺りは海であって島が点在していたが、土砂に埋まってしまって地名だけがそのまま残ったと考えるのが自然だろう。

承和《しょうわ》二年（八三五）の太政官符《だじょうかんぷ》（中央政府から各省や諸国に出された公文書）は、富士川と鮎川（相模川）は急流で渡し船も困難をきたし、往来する人馬の水難事故も多いので、浮き橋（船を連ねた橋）を作るよう指示している（『類聚三代格《るいじゅうさんだいきゃく》』）。『海道記』にも富士川は石が流れているとあるほどで、田子の浦には富士川の土砂が大量に流れ込み、堆積した結果陸地となり、島の名がそのまま地名として残ったものと思われる。

『平家物語』には富士川の東に源氏軍、西に平家軍が布陣して、合戦が始まるという前夜の様子が描かれている。明日はいよいよ合戦になると知った周辺の住民は、野山に隠れ、船で海や川に逃れたが、その夜平家方は住民たちの炊事などの火を見て源氏方の軍陣の火と勘違《かんちが》いし、野も山も海も川も源氏の軍勢であることに驚く。そこで平家方は夜半に水鳥の飛び立つ羽音を聞いて源氏の軍勢が押し寄せたと思い、我先にと逃げ出している。

これによると富士川の東側三角州の辺りは、当時浅い海と水鳥の群れる湿地帯であったようだ。人も馬もそのままでは入り込めるような場所ではなかったから、戦乱を逃れるには都合のいい場所であった。もっともこれは物語であるから事実そのままではないが、合戦を見聞した者たちの話などをもとにしていると思われるので、富士川の西岸から見た東側の様子はこれに近い状態であったとみてよいであろう。

このように見てくると、万葉時代の田子の浦は富士川の三角州を中心とした一帯と見てほぼ間違いない。

三、島のある風景

田子の浦はその場所が何処かというだけでなく、その場所を何処と見るかによってずいぶん違ってくるので、次にその事について考えてみよう。

昼見れど飽《あ》かぬ田子の浦大君の命恐《みことかしこ》み夜《よる》見つるかも（巻3・二九七）

先にも取り上げた歌だが、田口益人は和銅《わどう》元年（七〇八）三月に上野国《かみつけのくに》（群馬県）の守《かみ》（長官）を命じられ、東海道を経由して任国に向かっている。上野国は東山道に属していたので通常ならそちらを通るはずだが、何か特別の事情があったのであろう。

どれほど見ても見飽きないというのは土地を褒《ほ》める表現として旅の歌にはよく見られるものだが、「大君の命恐《みことかしこ》み夜《よる》見つるかも」には、田子の浦への愛着が読みとれる。田口益人は田子の浦が景勝地であることを知っていて期待してやって来たのだが、夜になって田子の浦に着いたために期待していた光景を見ることができずに通過している。ひょっとすると田子の浦を見たいので東海道を選んだのではないかと思えるほどの愛着の深さである。

当時官人の赴任は任地までの距離によって日数が決まっていたから、通常のルートではなく東海道を迂回《うかい》した旅では先を急ぐ必要があったのだろう。駿河国の東部は東海道が海岸に沿っているので景勝地は田子の浦に限ったことではないが、ここが好まれたのは島が点在していたからである。万葉時代の大宮人《おおみやびと》（宮廷に仕える人）の間では島の点在する景が美しいものとして好まれた。

何を美しいと見るかは個々の人によって違うが、同時に時代によって一定の傾向があることも確かである。おそらく水に浮かぶ島の景を好む傾向が見られるのは、その原型に庭園があったからであろう。大宮人たちは庭園を理想化し、その眼で旅先の景を見た結果、庭園を拡大した景を海浜に見出し、景勝地として語り伝えることになったのだろう。

六世紀初期の推古朝には蘇我馬子が明日香の邸宅に庭園を造ったことが知られているが、蘇我氏が滅亡した六世紀半ばには新たに整備して天皇家の所有となっている。島の宮といわれ、万葉集では天武天皇と持統天皇の間に生まれた草壁皇子《くさかべのみこ》の宮であった。また、飛鳥浄御原宮《あすかきよみはらのみや》の北西には「白錦後苑《しらにしきのみその》」と推定される庭園、飛鳥京苑池遺構も発掘されている。藤原京には確認されていないが、八世紀の初期に造られた平城京（奈良の都）には平城宮とその周辺に多くの庭園が確認されている。

七世紀末から八世紀初めの藤原京の時代には官人が各地に派遣されるようになるが、旅先で彼等の目についたものは庭園を拡大した島のある風景であり、田子の浦もその一つであった。こうした経過を通して田子の浦は景勝地として大宮人に知られることになったと思われる。

この風潮はすでに八世紀冒頭の紀伊行幸に見られる。譲位して太上天皇《だじょうてんのう》となった持統と孫の文武天皇は、大宝元年（七〇一）九月から十月にかけて紀伊国《きのくに》に行幸している。持統天皇は即位した年（六九〇）の九月にも紀伊国を訪れているが、今回の行幸は一か月に及ぶ長旅であった。一行は紀ノ川沿いに西に進み、和歌の浦辺りからは船で牟婁《むろ》の湯（和歌山県西牟婁郡白浜町湯崎温泉）に向かったらしい。ただ、藤原京を出てから牟婁《むろ》の湯までは二十日間もかかっているから、途中あちこちに立ち寄り、遊覧を兼ねた旅であったようだ。和歌の浦もそうだが、そこから南の海岸は入り組んでいて小さな島も点在していることが地図上でも確認できる。このような箱庭的な自然は、大宮人が庭園という小さな自然を通して見出したより大きな海浜の庭園であり、彼等が遊覧するのにふさわしい地となっている。

これよりずっと後になるが、聖武天皇は即位した神亀《じんき》元年（七二四）の十月に紀伊国に行幸している。この旅は当時の風潮をより押し進めたものとなっている。天皇は和歌の浦に十数日も滞在し、ここは遊覧するのにふさわしい場所だから荒廃させてはならないとし、管理人を置くよう命じている。また春秋には官人を遣わして土地の霊を祀《まつ》り、荒れ果てないよう祈るなど、和歌の浦の管理に努めている。この行幸に従った山部赤人は和歌の浦の光景を鮮明な映像として詠んでいる（巻6・九一七〜九一九）。

若《わか》の浦に潮満ちくれば潟をなみ葦辺《あしへ》をさして鶴《たづ》鳴き渡る（巻6・九一九）
（和歌の浦に潮が満ちてくると、干潟がなくなるので、葦辺をめざして鶴の群が鳴き渡っていくよ）

これはその中の一首だが、点在する島の辺りに再び潮が満ちてくると、これまで干潟にいた鶴たちが岸近い葦辺に向かって鳴きながら飛んでいく、という穏やかな光景は海辺の庭園そのものといえよう。

現在和歌の浦は土砂で埋まってしまったが、往時は島の点在する大宮人の理想とする景であった。この万葉の時代に見出された景は、日本の文化の中に長く伝えられ現在に及んでいる。宮城県の松島はその典型であり、景勝地の代名詞ともなって「〜松島」として各地に見られる。「古代の田子の浦」も庭園を原型として見出された景勝の一つであったといえよう。

歌の生活を読み解く

これまでは歌を取りまく歴史的、社会的環境、自然、地理的環境を取り上げて歌の意味するところを探ってきたが、ここで得た知識をも用いて、次に当時のさまざまな生活を通して詠まれた歌を具体的に見ていくことにしよう。

例えば、万葉集には宴の席上で詠まれた歌が多くみられるが、宴といっても年中行事の折に催された宴もあれば、宮廷での臨時の宴をはじめ官人たち仲間同士の宴など、誰が何時何処で開いたのかによって大きな違いがみられる。また、旅の歌も天皇の行幸に従っての旅、官人たちの中央と地方を往復する旅などによっても違う。さらに、恋の歌にしても誰がどのような時に詠んだものかによっても違いがみられるし、人の死をめぐってもどういう折に詠まれたかによって一様ではない。

つまり、ここでは宴、旅、恋、死を中心とした歌のありさまを出来る限り当時の生活に関わらせて読み解こうとした。そうすることで万葉人の生活の様子が見えてくると考えたからである。

例によって初めて読む人には生活習慣や文化の違いに途惑《とまど》うことがあるかも知れないが、異質な文化に接することで自分たちの今ある姿が見えてくるはずだし、そういう世界を知ることもまた読書の楽しみの一つになろう。

様々な宴と歌

歌はすべて何時、何処で詠まれたかという状況を伴っている。それをここでは「歌の場」ということにしよう。この「場」の無い歌はないのだが、万葉集にはその手がかりが無く分からないものも数多くある。万葉歌のほぼ半数は作者名は分かるが、その「場」までとなるとさらに少なくなる。分からない場合はその場を想定して読むことになるが、どのように想定するかによって読み（歌の意味）が違ってくることもあるので、この問題は避けて通れない。こういう場合ははっきり分かっているものを通してその特徴を知り、それを手がかりとして類推することになる。ここでは「宴」という典型的な「場」を取り上げ、そこで詠まれた歌の特徴を探ることにしよう。

年中行事と歌

わが国に中国から暦が伝来したのは七世紀初めの推古《すいこ》天皇の時代であるが、それ以前にも天体の運行や自然の推移を知り、農事を告げたり、豊凶を占う「日知《ひじ》り」といわれる呪能者《じゆのうしゃ》（呪的能力を持った者）とでもいうべき特殊な能力を持った人がいて、種蒔きや収穫の時期、祭りの日取りなど、人々の生活に密着した情報を告げる役割を担《にな》っていた。「日」を「知る」者は「日」を「数《よ》む」特殊な呪的能力を備えていたために人々から尊敬されている。この「日数《ひよ》み」は「日数《こよ》み」（暦）として人々の生活の手引きとなるが、呪能者から口頭で伝えられた事柄は経験を積み重ねて農事の指針となって伝承されていく。だが、それは気候や風土の違いにより、地域ごとに様々にあり得たわけで、広域にわたって統一して流通するものとはなり得なかった。

そこで国土の広域に支配が及び国家が形成されるようになると、全土を統一的に管理する必要から、当時の先進国であった中国から新たに暦が導入された。その時期は七世紀の初めで、記録としては推古天皇十年（六〇二）に百済《くだら》の僧観勒《かんろく》が天文地理書とともに暦本《れきほん》（元嘉《げんか》暦《れき》）を伝えたことに始まる。

この暦の採用によって時間の単位で日月が区切られ、統一的な時間による管理が可能になるとともに曖昧だった四季が暦によって等間隔《とうかんかく》になり、後にはこの暦によって四季の移り変わりが意識されることにもなる。万葉時代の末期には既にそうした傾向が現れている。つまり、地域ごとの「日知り」（呪能者）により告げられていた生活の手引き（暦）がより権威ある「日知り」としての天皇の制定した暦に置き換わり、祭政の指針として支配地域に及んだということである。

こうして中国の制度を取り入れ、「日知り」としての天皇の権威を高めるために、やがて様々な儀式が整えられたが、その際その多くは中国の制度を取り入れて年中行事になっている。万葉集の時代は中国の制度を基にして宮廷の儀式が整備されていく過程であり、すべての行事が時期を同じくしているわけではなく、その折りに詠まれた歌も万葉時代の初期から後期に至るまで様々である。この事を念頭に置きながら以下典型的な行事の歌を見ていこう。

正　月

コメント

万葉の時代の正月行事がどのように行われたかは残念ながらよく分からない。僅かに分かるのは宮廷で行われた儀式だけである。おそらくそれは日本に暦が伝わった推古朝以降のことであろう。儀式の折には宴が催され漢詩や歌が詠まれているが、現在残っているこの種の正月の歌はごく僅《わず》かで、しかも万葉末期（奈良時代中期）の大伴家持《おおとものやかもち》の作だけである。
また、最後に歌との関係で、正月を「めでたい」といって特別視するのは何故かということについて私なりの考えを述べている。その際「魂《たま》」について説明した部分は初めての人には分かりにくいかも知れないが、この点については「死をめぐる歌」の中で詳しく説明しているので、その項を参照されたい。

万葉集に元旦の歌として次の一首がある。

三年の春正月一日に、因幡国《いなばのくに》の庁《ちやう》にして、饗《あへ》を国《くに》、郡《こほり》の司《つかさ》等に賜《たま》へる宴《うたげ》の歌一首
（三年の春正月一日に、因幡の国庁で、国司郡司等に酒食を振る舞った宴の歌一首）
新《あらた》しき年の初めの初春《はつはる》の今日《けふ》降る雪のいやしけ吉事《よごと》（巻20・四五一六）
（新しい年の初めの、初春の今日降りしきる雪のように、いっそう積もり重なれ良き事よ）
右の一首は、守大伴宿禰家持《かみおほとものすくねやかもち》作れり

元旦には官人たちは宮廷（朝堂院《ちょうどういん》）に参集し、大極殿《だいごくでん》（正殿）の天皇に賀詞を申し上げた。朝拝《ちょうはい》とか朝賀《ちょうが》といわれる儀式である。その起源は明らかでないが、天武五年（六七六）の元旦に「拝朝《はいちょう》」の記録があり、ほぼこの頃儀式の原形が出来上がったらしい。儀式として整ったのは文武天皇の時代であったろうか。大宝《たいほう》元年（七〇一）元旦の朝賀の儀の様子を「文物《ぶんぶつ》の儀《ぎ》、是《ここ》に備《そなは》れり」（儀式、法律、学問、芸術等の制度が、ここに至って整備された）と、誇らしげに称している（続日本紀《しょくにほんぎ》）。以後、雨などで中止することはあったが、史書の記録から判断するとこれ以降は恒例の行事となったようだ。ただ元日の宴の記録は霊亀《れいき》二年

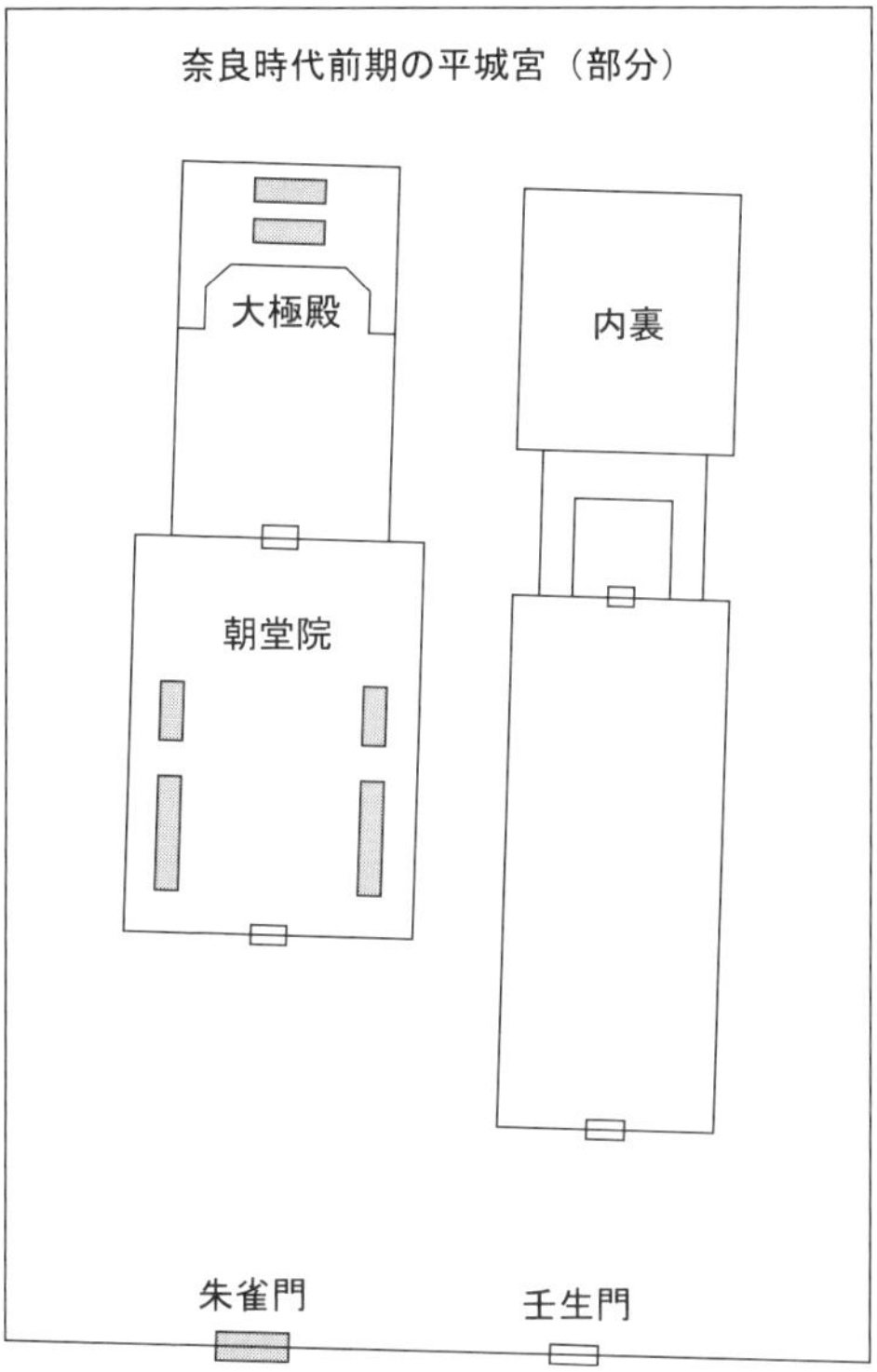

（七一六）の「五位以上を朝堂に宴す」とあるのが最初で、それ以前には見えないが、朝賀の儀が整備された大宝元年（七〇一）以降は恒例となっていたろう。

因幡の国守であった家持は、こうした朝廷の行事を出先機関である国庁で執り行ったもので、令《りょう》（古代の法律）にも元旦には長官（国守）は国庁の官人、郡司等を率いて「庁に向ひて朝拝せよ」とある。長官は賀を受けた後、宴を設けることも許されている（儀《ぎ》制令《せいりょう》）。

家持の歌は天平宝字《てんぴょうほうじ》三年（七五九）因幡国庁で催された宴の席で披露されたもので、新春を寿《ことほ》ぐものである。「新しき年の初め」とは、文字通り元旦をいい「初春」を修飾している。今日よく使われる「初春」も、

平城宮大極殿跡。基壇の上に大極殿、その前の広場に朝堂院があった。

万葉集にはこの他に一例のみであり、当時は新鮮な響きを持っていたに違いない。
「初春」は元旦から七日辺りまでの間を意味する言葉であったようだが、ここでは「初春の今日」と続いて元旦を意味している。「新しき年の初め」「初春の今日」と「の」によって入れ子型に重ね、「元旦」を強調し、さらに「(今日)降る雪」と続くことで、全体は、元旦に降りしきる「雪」の情景を浮き立たせている。図示すれば次のようになる。

新しき年の初め（の）初春（の）今日降る雪（の）いやしけ吉事

雪は豊作のめでたい瑞兆《ずいちょう》とされ、

新《あら》しき年の初めに豊《とよ》の年《とし》しるすとならし雪の降れるは（巻17・三九二五）

（新しい年のはじめに、豊作の年の前触れであるらしい。雪が降り積もるのは）

と詠まれている。国庁で詠まれた家持の歌も同様に、豊年の瑞兆であるめでたい雪に対して「いやしけ（ますます積もれ）」と呼びかけているが、これは今年も豊年であって欲しいとの強い願望を託したものである。「いやしけ吉事」の「いやしけ」は、雪が「いやしけ」であると同時に、「吉事（めでたいこと）」が「いやしけ」ということで、二重の文脈となっている。これは雪の降りしきる情景（めでたい兆し）と重なり合って、単に豊作だけではなく、より一層めでたい事が重なれということで、新年の祝いの席を盛り立てるに最もふさわしい賀歌といえよう。

万葉集では元旦の宴の歌はこの一首のみだが、次も同様の賀歌である。

天平《てんぴやう》勝宝《しょうほう》二年正月二日に、国庁《こくちょう》に饗《あへ》を諸《もろもろ》の郡《こほり》の司《つかさ》等に給《たま》へる宴《うたげ》の歌一首

（天平勝宝二年正月二日に（越中の）国庁で郡司等に酒食を振る舞う宴の歌一首）

あしひきの山の木末《こぬれ》のほよ取りてかざしつらくは千年《ちとせ》寿《ほ》くとそ（巻18・四一三六）

（〔あしひきの〕山の梢のほよを取って髪に挿したのは、千年の命を祝ってのことだ）

右一首は、守《かみ》大伴宿祢家持の作

天平《てんぴょう》勝宝《しょうほう》二年（七五〇）とあるから先の歌より九年前の作である。正月二日とあるが、宴は、天候等何らかの事情で二日に催されることもあったから、状況は等しい。「ほよ」は宿り木。落葉樹に寄生し、常緑であることから強い生命力があるとされ、これを挿頭《かざし》にして身につけ、その生命力を取り入れることで長寿が得られると考えられていた。先の歌と同様

家持は国守として、天皇を始め列席者に至までの長寿を願って詠んでいる。

類似した歌（類歌《るいか》）に次のようなものがある。

二月十九日に、左大臣橘《たちばな》の家の宴にして、攀《よ》じ折れる柳の条《えだ》を見たる歌一首

（〔天平勝宝五年（七五三）〕二月十九日に、左大臣橘（諸兄《もろえ》）家の宴で、折り取った柳の枝を見て作った歌一首）

青柳《あをやぎ》の上枝《ほつえ》攀《よ》ぢ取りかづらくは君が宿《やど》にし千年《ちとせ》寿《ほ》くとそ（巻19・四二八九）

（青柳の梢を折り取って鬘《かずら》にするのは、わが君の家に集まった者たちが、君が千代にあるようにと願うからです）

左大臣 橘 諸兄《たちばなのもろえ》邸での宴の席上で詠まれたもので、諸兄の長寿を願っての賀歌である。このように「千年」「寿く」といったように、祝意を示す言葉を用いたために、類似することが多いのが賀の歌の特徴である。

二年の正月三日に侍従《じじゅう》・竪子《じゅし》・王臣等《わうしんら》を召《め》して、内裏《うち》の東《ひむがし》の屋《や》の垣下《かきのもと》に侍《さもら》はしめ、即《すなは》ち玉箒《たまばはき》を賜《たま》ひて肆宴《とよのあかり》きこしめしき。時に内相藤原朝臣《ないしやうふじはらのあそみ》勅《みことのり》を奉《たてまつ》りて、宣《の》りたまはく

「諸王卿《おほきみまへつきみたち》等、堪《あ》ふるまにま、意《こころ》に任《まか》せて歌を作り、并《あは》せて詩を賦《ふ》せ」とのりたまへり。仍《よ》りて詔旨《みことのり》に応《こた》へ、各々心緒《おのがじしおもひ》を陳《の》べて歌を作り詩を賦《ふ》せり。［いまだ諸人《もろひと》の賦《ふ》したる詩と作れる歌とを得ず］

（二年の正月三日に侍従・竪子・王臣等を呼び寄せて、内裏の東の対《たい》の屋の垣下に並ばせ、そこで玉箒を与えられて宴を催された。その時に内相藤原朝臣（仲麻呂）が天皇のお言葉を受けて、おっしゃることには「諸王卿らよ、能力に応じて思いのままに歌を詠み、詩を作れ」といわれた。そこでお言葉に従い、各自が思いを述べて歌を作り詩を作った。）［多くの人々の作った詩と歌はまだ入手していない］

初春《はつはる》の初子《はつね》の今日《けふ》の玉箒《たまばはき》手に取るからに揺《ゆ》らく玉《たま》の緒《を》（巻20・四四九三）

（新春の初子に当たる今日の玉箒は、手に取るとゆらゆら鳴るよ、この玉の緒よ）

右一首は右中弁《うちうべん》大伴宿祢家持の作。ただ大蔵《おほくら》の政《まつりごと》に依《よ》りて奏《まを》し堪《あ》へざりき。

（右一首は右中弁大伴宿祢家持の作である。ただし大蔵省の勤務のために申し上げられなかった。）

題詞《だいし》（歌の制作事情）にはおおよそ次のような事情が記されている。天平宝字《てんぴょうほうじ》二年（七五八）の正月三日に天皇は侍従等を呼び寄せ、玉箒を与えて内裏の東の屋の垣下で宴を催した。

時に内相の藤原仲麻呂は、それぞれの能力に応じて思いのままに歌を作り、詩を作るようにとの天皇の言葉を伝えたので、その言葉に従って歌や詩を作った。だが、その折りの歌や詩は手に入らない。さらに左注には、左中弁の役職にあった大伴家持の作であることと、職務多忙のためこの宴にでられず、歌を披露できなかったとある。

当時宮中では、天皇の耕作と皇后の養蚕のシンボルとして、辛鋤《からすき》と玉箒が飾られ、その年の豊作・繭《まゆ》の増産を祈る行事が行われていた。正倉院に伝わる「手辛鋤《てからすき》」「目利箒《めとぎのほうき》」がそれに相当する。この箒には色とりどりのガラス玉が付けられていて、「玉箒」という名にピッタリ一致する。

この中国伝来の行事が何時頃から始められたかは分からないが、家持は当日の宴の様子を知っていて歌を用意していたことからすると、それ以前から宮中で行われていたことは明らかである。ただ、これは宮中(天皇家)の行事であって、元旦の儀式のように朝廷をあげての大々的な行事ではなかったろう。

「玉箒」の玉は魂《たま》を意味し、それが揺れて音を立てるというのは魂の躍動しているさまで、それを見る者の魂が活力を与えられるということだろう。この歌は日本古来の呪術に根ざしたものである(魂についての詳細は「死をめぐる歌」を参照されたい)。

次は宮中で催された一月七日の宴の歌である。

水鳥《みづとり》の鴨の羽《は》の色の青馬《あをうま》を今日見る人は限りなしといふ（巻20・四四九四）

（水鳥の鴨の羽根の色をした青馬を今日見る人は無限の命を得るという）

右一首は、七日の侍宴《じえん》の為に、右中弁大伴宿祢家持、かねてこの歌を作れり。ただ仁王《にわう》会《ゑ》の事に依《よ》り、却《かへ》りて六日を以ちて内裏《うち》に諸王卿《おほきみまへつきみたち》等《め》を召して酒を賜《たま》ひ、肆宴《とよのあかり》きこしめし、祿《ろく》を給《たま》ひき。これに因《よ》りて奏《まを》さざりき。

（右の一首は、七日の宴の為に右中弁大伴宿祢家持があらかじめこの歌を作っておいた。ただし仁王会が行われることになったので、繰り上げて六日に内裏に諸王卿等を呼び出し、酒を与えられ宴を催されて、引き出物を与えられた。そのために申し上げなかった）

中国では馬は陽獣、奇数は陽数とされ、陽の月、陽の日に、陽獣を見ると一年の邪気が払われると考えられていた。この信仰に基づく行事を詠んだもので、行事をそのまま説明する内容となっている。「今日」という時を指示する言葉は、この歌にも見られるように宴の歌に見られる特徴的な表現である。

左注によると、この歌もあらかじめ用意しておいたのだが、七日には仁王会（天下泰平、万民福利を祈願して宮中で行われる仁王経《にんのうきょう》を読みあげる法会）が行われることになり、宴は六日に繰り上げになったため、用意した歌は披露できなかったとある。先の歌もそうだが、宮廷行事の歌は天皇の前で披露するために、粗漏《そろう》（落ち度）がないよう前もって用意することになっていたようだ。

一月七日に宮中で宴が催されたことは、天智朝辺りから断続的に記録されているから万葉の時代にはほぼ恒例となっていたようだが、「青馬」についての記録は歴史書にはなく、万葉集しかもこの歌に見られるだけなので、奈良時代に恒例となっていたか否かについては分からない。ただ、仁王会は天下太平、万民福利を祈願して護国の経典である仁王経を読み解く法会で、国家行事であり、こちらが優先されたことから見て、七日の宴に「青馬」の儀式が加わるようになったのは比較的新しく、まだ恒例のものとはなっていなかったろう。

正月の歌は中国の制度を取り入れて整備された儀式や行事の宴で詠まれたものだが、それにしてもどうしてこれ程に正月は特別視されるのであろうか。現在では新年を迎えても、特に改まった感じを抱くこともなく平坦《へいたん》な毎日の繰り返しに過ぎないという極端な人もいるが、たいていの人は新年ともなれば何となく改まった感じになる。それは松飾、鏡餅、お節料理、初詣など日頃の生活とは違った特別な生活によるものだが、日頃はどうしてこの時期にこのような行事があるのかも知らずに、それを当然のこととしてごく自然に習慣として受け入れている。

だが、なんの疑いを抱くこともなく、ごく当たり前に生活の一部として受け継がれるにはそれ相応の必然性があったはずである。そのヒントは「魂《たま》」にあるらしい。魂とは、精神活動（心）・生命活動（命）の根源的な力を意味し、一定不変のものではなく一定の活動の後に次第に衰弱し、それが極まると生命活動は停止（死）すると考えられていた。それを避けるためには衰弱した魂に活力を与える必要があった。そのために特別な力（呪力）を持った稲の魂を体内に取り入れると衰弱した人の魂に働きかけて人の魂に活力が戻り、再び生命活動が盛んになると考えられていた。

稲の魂は稲の生育活動を促し実りをもたらす魂であり、稲の実りは「年《とし》」ともいったから、稲魂は「年魂《としだま》」でもあり、現在に伝わる「お年玉（魂）」の原形となっている。今では、お年玉は親とか目上の人から与えられるが、その一つ前の段階は正月の神（歳神《としがみ》）から人に与えられたもので、雑煮として食べる丸餅がその具象化したものである。正月の神は稲の神（稲の魂）を抽象化したものであろう。

万葉の時代に稲の神が抽象化されて正月の神といわれていたかどうかは分からないが、丸餅を弓の的にしたために滅んだ話は逸文《いつぶん》（書物は失われたが、その一部が他の文章に引用されて残っているもの）『豊後国風土記《ぶんごのくにふどき》』などに残っていることから類推すると、すでに正月の丸餅は特別な食物となっていたと思われる。

こうした魂の考え方は、魂の活動の内、生命活動を中心に考えられたもので、農耕生活を営む中で形成されたものであろう。春に蒔いた穀物の種はやがて芽を出し、成長して秋には豊かな実りをもたらし食物として利用されるが、次の春に蒔く種は冬の間閉じ籠もって活動を停止している。

この状態を古代人は仮死状態にあると見たが、春を迎えると植物は自然に芽生え、成長するという自然の営みを見て、その奥に何かが潜んでいると感じ、それを魂と見た。穀物でいえば穀物に宿る魂ということになる。それは冬の間仮死状態のままだが、春になると再生し新たに活動を始める。自然界のあらゆるものがこのようであった事から、自然の中で暮らす人間もその魂を取り入れることで新たな活力が与えられると考え、その象徴に穀物を代表する稲が選ばれた。丸餅は魂の象徴である。

年玉（魂）の「年」は、元々穀物の実りを意味する言葉であったから、年玉（魂）とは、穀物の実りをもたらす魂であった。そこで穀物の魂が再生する春にそれを取り入れることで、人も新たな活力を与えられた。

このような魂の考え方は、自然の営みと人のそれとを同一視することから生じたもので、農耕の行われるようになった縄文晩期に遡《さかのぼ》るものであり、長い年月をかけて農耕を共にする人々の心に共有の文化として深く根づいていた。だが、これは日本列島に固有の文化ではなく、東アジアの稲作文化圏に共通のものであったに違いない。

万葉集の正月の歌に豊作の兆《しるし》しである雪が詠まれたり、「寄生《ほよ》」などの生命力に満ちた呪物に寄せて長寿を言祝《ことほ》ぐのも、魂を基に形成された民間の正月行事が深い所で繋《つな》がっているからであろう。正月に改まった感じになるは、万物の再生に同化して人もまた蘇《よみがえ》るからであり、だからこそ「めでたい」といって、互いに祝福しあうのだと思う。さらに、毎年正月に年魂を取り入れることから、年輪のように年（歳）を重ねることになる。通常これを数え年という。

上巳

三月三日といえば、今では誰でも思い浮かぶのは雛祭《ひなまつ》りであろう。だが、万葉の時代にはまだこのような行事はなく、素朴な人形を飾り、供物《くもつ》を供えて子供の成長を祝うようになったのは室町時代以降のことであるらしい。江戸時代に入り、元禄の頃（十七世紀末）になると雛飾りも豪華になるが、現在よく見かける、調度に嫁入り道具が加わり、数段から成る雛飾りは江戸後期（十九世紀初め）以降のことである。

これとは別に流し雛といって雛人形を水に流す行事も行われている。これは人形《ひとがた》（木片などで作った人の形）に穢《けがれ》や禍《わざわい》を移して水に流すという祓《はら》えの信仰を受け継ぐものである。こ

特別史跡：平城京三条二坊宮跡庭園（幅15m、長さ55m、水深20cm）。曲水の宴はこのような場所で催された。

の人形は藤原京や平城京からも多く出土していて、万葉の時代（七世紀末〜八世紀）には既に広く行われていた。ただ祓えは月末の行事であり、特に六月、十二月の末には大祓《おおはら》えといって宮廷では大規模に行われたが、これ自体が直接流し雛に繋《つな》がっていったわけではない。流し雛が三月三日の行事となるには、祓《はら》えの信仰に加えて当時三月三日に行われていた「曲水《きょくすい》の宴《えん》」などが関わっていよう。もっともこの行事はもとは上巳《じょうし》（上旬の巳《み》の日）に行われていた（干支《かんし》については六八頁を参照されたい）。

　曲水の宴は宮中で催された中国伝来の行事で、庭園の曲がりくねった溝に水を流し、貴人たちがその両側に座り、上流から流れてくる酒杯が自分の前を通り過ぎない前に詩歌を詠み、流れてきた酒杯を飲むという宴である。

この風雅な行事は、この日に水辺で禊《みそ》ぎや祓《はら》えを行い、宴飲する中国の民間の習俗に由来するものであるが、日本にも春の一日、水辺で禊ぎし、飲食を共にして遊ぶという同様の習俗があった。流し雛が三月三日の雛祭りの行事となった経緯《いきさつ》には、当時の民間習俗や中国伝来の宮廷行事であった曲水の宴が深く関わっていよう。この曲水の宴は奈良朝の宮廷では既に行われていて万葉集にも採録されている。

三日に、守大伴宿祢家持《かみおほとものすくねやかもち》の舘《やかた》にして宴《うたげ》せる歌三首

今日《けふ》のためと思ひて標《し》めしあしひきの峰《を》の上《うえ》の桜かく咲きにけり（巻19・四一五一）

（今日の宴のためにと思って、人が立ち入らないようにしておいた峰の桜は、こんなに見事に咲きましたよ）

奥山《おくやま》の八《や》つ峰《を》の椿《つばき》つばらかに今日は暮らさね大夫《ますらを》の伴《とも》（巻19・四一五二）

（奥山の峰々に咲くツバキ―つばらかに（心ゆくまで）今日はお過ごし下さい、お集まりの方々よ）

漢人《からひと》も筏《いかだ》浮かべて遊ぶといふ今日そ我《わ》が背子《せこ》花かづらせよ（巻19・四一五三）

（漢の人々も筏を浮かべて遊ぶという、今日は特別な日、皆様方よ、花で作った髪飾りを付けて楽しく過ごそう）

天平勝宝《てんぴょうしょうほう》二年（七五〇）三月三日に、当時越中国守であった大伴家持が国守の館で催した宴の歌である。第一首は、国守家持が宴に集まった人々に向かって、今日の宴のために大切にしておいた桜ですといって来客を歓迎する挨拶の歌である。

第二首の初二句は「つばき」から同音の「つばらかに」を起こす序詞《じょことば》。「つばらかに」は十分に心尽くしての意で、客人にくつろいで過ごしてくださいというもの。第三首は、今日は漢人《からひと》も遊ぶという特別の日、我々も楽しく遊ぼうと客人に呼びかけている。

この日の宴は国守家持の歓迎の挨拶（第一首）に続いて、招待客の代表による謝辞の歌（脱落）があり、再び主催者の（よくお出で下さいました、どうぞ）今日の一日を存分に楽しんで下さい、との歌（第二首）が詠まれた。その後客人たちによる歌が詠まれていく中で、第三首が主催者家持によって詠まれたものらしい。

このように、家持の三首はこの日の宴の要所要所で詠まれたもので、三首続けて詠まれたわけではない。招待者の歌が記録されていないためにこの日の宴の様子は当時の宴の様相をもとに想像するしかない。

三首に共通する「今日」というのは、宴の歌によく見られる表現だが、曲水の宴であることを特定できるのは第三首のみで、他は日付がなければ何時の宴の歌とも分からない。実は万葉集に曲水の宴の歌と特定できる歌は他にないため、その実体はよく分かっていない。しかも越中の国司の館に曲水の宴を催すことの出来る庭園があったか否かも不明であるが、このような施設は宮廷か上流貴族の邸宅に限られていたらしく、むしろ越中にはなかった可能性の方が高い。ということは、越中の国守の館で催された三月三日の宴は、この日宮廷で行われた曲水の宴を偲んで催されたもので、曲水の宴そのものではなかったことになる。

宮廷で催された三月三日の宴の記録は万葉の時代(七世紀末〜八世紀)以前にも散見するが、確実な記録は次のような神亀五年(七二八)三月三日の記事である。


天皇鳥の池の塘《つつみ》に御《おは》しまして五位以上を宴す。……また文人を召して曲水の詩を賦《ふ》せしむ。(天皇は鳥の池の堤にお出ましになり、五位以上の官人を招いて宴を催した。……また文人を呼び寄せて、曲水の宴で詩を作らせた)

当時五位以上の者は貴族として宮中の宴に加わることが出来た。奈良時代の漢詩集である

『懐風藻《かいふうそう》』には、曲水の宴の詩が三首ほど採録されている。

五言　三月三日応詔《おうせう》一首　正五位下大学頭《だいがくのかみ》調忌寸老人《つきのいみきおきな》
五言　三月三日曲水の宴一首　大学頭《だいがくのかみ》従五位下山田史三方《やまだのふひとみかた》
五言　上巳禊飲《じょうしけいいん》応詔一首　従五位下大学助背奈王行文《だいがくのすけせなのきみゆきふみ》

曲水の宴で詩を命じられた文人とは、これらの大学頭《だいがくのかみ》、大学助《だいがくのすけ》や五位には届かないが文《もん》章生《じょうせい》といわれる詩文の素養のある人たちであった。

越中の国守の館で催された三月三日の宴の参加者は記録されていないが、国府の官人たちであったことは間違いないので、宮中の曲水の宴に列席できる資格は、当時従五位上であった国守家持以外にはなかったことになる。つまり、当日国守家持に招かれた人々は宮中の曲水の宴に列席したわけではなかったから、越中の宴は通常行われる宴とさほどの違いはなかったろう。『懐風藻』に見られる曲水の宴の詩は、七世紀末から八世紀始めにかけてのものと推定できるので、万葉の時代には宮中の年中行事となっていたことは確かだが、曲水の宴を行うに相応《ふさわ》しい施設の整った庭園は宮中かごく限られた上流貴族の邸宅しか考えられない。この施設の関係から見てもこの行事が貴族官人層の間で広く行われることはなかったろう。万葉集に殆ど見かけない理由はこの辺にある。

【干支《かんし》について】

十干《じっかん》：木《モク》、火《クワ（カ）》、土《ド》、金《ゴン》、水《スイ》の五行を「え（兄）」と「せ（弟）」に分ける。

甲《カフ（コウ）》（きのえ）、乙《オツ》（きのと）、丙《ヘイ》（ひのえ）、丁《テイ》（ひのと）、戊《ボ》（つちのえ）、
己《キ》（つちのと）、庚《カウ（コウ）》（かのえ）、辛《シン》（かのと）、壬《ジン》（みづのえ）、癸《キ》（みづのと）

十二支《じゅうにし》：子《シ》（ね）、丑《チウ（チユウ）》（うし）、寅《イン》（とら）、卯《バウ（ボウ）》（う）、辰《シン》（たつ）、巳《シ》（み）、午《ゴ》（うま）、
未《ビ》（ひつじ）、申《シン》（さる）、酉《イウ（ユウ）》（とり）、戌《ジュツ》（いぬ）、亥《ガイ》（ゐ）

＊この十干と十二支を組み合わせると、1甲子、2乙丑、3丙寅・・・のようになり、最小公倍数の60で一巡し、61で「甲子」に戻る。そこで数え年六十一歳（満六十歳）を還暦という。

＊古代では年月日もこの干支を用いて表記された。例えば、「六年《の》春正月《の》丁卯《ていぼう》 朔《のつきたちの》 庚午《かうご》」のように記している。これは「六年春正月朔（一日）」が「丁卯」に当たるので、そこを起点にして算出すると「庚午」は四日後になり、「六年春正月四日」ということである。但し、万葉集には「大宝元年辛丑秋九月」「慶雲二年丙午」とある他、「天平二年正月十三日」ともあり、二つの表記がみられる。

コメント

端午《たんご》の「端」はこの場合「初め」の意で、五月の初めの「午《うま》」の日をいうが、最初は必ずしも五月五日ではなく、やがて五月五日に固定したものと思われる。ただ、「午《ご》」は「五《ご》」と同音であることからもともと五月五日の意ともいわれている。端午の行事の内容は万葉の時代の中でも変化しているので、ここではその過程を説明しようとしたために、例によって初めて読む人にとっては分かりにくい点があるかも知れない。だが端午の行事の様子を詠んだ歌は「(五月の)玉」「あやめ草」「花橘」といった決まり文句が用いられていて、その詠まれた時期に片寄りがみられるのが特徴となっている。しかも、この片寄りは行事の変化と関係しているらしいので、この点に注意すれば戸惑《とまど》うことはないと思う。

一、端午の行事の移り変わり

五月五日は端午《たんご》の節句《せっく》として知られているが、三月三日の節句と同様に万葉の時代のそれは今日行われているものとはずいぶん違っている。古く五月五日には薬猟《くすりがり》が行われた。薬猟では薬草の採取や鹿茸《ろくじょう》(鹿の若角で強壮剤)をとるための鹿狩りも行われている。六世紀頃中国の揚子江流域では薬草を採取し、蓬《よもぎ》で作った人形を門戸にかけて毒気を祓《はら》い、菖蒲《しょうぶ》を刻んだり粉にしたりして酒に浮かべ、邪気《じゃき》を祓《はら》った。また、楝《おうち》（栴檀《せんだん》）を頭に挿し、長命縷《ちょうめいる》という五綵《ごさい》（五色の糸）を臂《ひじ》にかけ、邪悪なものを避けようとした（荊楚歳時記《けいそさいじき》）。

わが国の薬猟での薬草採取は、こうした中国の習俗に基づくものだが、鹿猟は北方遊牧民族の習俗に由来するらしい。北方遊牧民族の間では鹿茸《ろくじょう》が強壮剤として知られ、高句麗《こうくり》では三月三日に宮廷行事として鹿猟が行われていた。わが国の薬猟はこの高句麗の行事が中国伝来の五月五日の行事と習合したものであるらしい（和田萃『日本古代の儀礼と祭祀・信仰中』）。

薬猟の記録は推古朝《すいこちょう》（七世紀初）に次のように記されている。

推古十九年（六一一）夏五月五日に、菟田《うだ》野で薬猟が行われた。当日は行列の先頭の長を粟田細目臣《あわたほそめのおみ》、後ろの長を額田部比羅夫連《ぬかたべのひらふのむらじ》が務め、夜明けに出発した。この日諸臣の服の色は冠位《かんい》（冠の種類で示す位階と席次）によって決められた冠の色に従い、各自が髻華《うず》（冠の飾り）を挿していた。大徳《だいとく》・小徳《しょうとく》は金、大仁《だいにん》・小仁《しょうにん》は豹の尾、大礼《だいらい》より以下は鳥の尾を用いた。

この日の諸臣の装いは推古十一年（六〇三）十二月に施行された冠位の色に従い、冠には位階に応じて金や豹の尾、鳥の尾（雉か）を挿していた。この出で立ちから見ても、この日の猟は実質的なものではなく、きわめて儀式的なものであったことが知られる。ただ、薬猟は「平群《へぐり》の山に　四月《うづき》と　五月《さつき》の間《あひだ》に　薬猟《くすりがり》　仕《つか》ふる時に（平群の山で四月と五月の間に薬猟に奉仕する時に）」（万葉巻16・三八八五）とあるように、実際に四、五月頃に行われていたようだが、五月五日の薬猟は実際の薬猟ではなく、宮廷行事として儀式的に催されたものである。

　この宮廷行事としての薬猟は、以後断片的に記録されているが、中大兄皇子が即位した天《てん》智《じ》七年（六六八）五月五日に蒲生野《がもうの》で催された「縦猟《かり》」も薬猟であったろう。皇太子以下諸王、諸臣を従えての盛大なもので、万葉集にはこの折りに詠まれた歌が載録されている（巻1・二〇、二一）。これらの歌に天智天皇《てんじてんのう》・大海人皇子《おおあまのみこ》と額田　王《ぬかたのおおきみ》との恋の縺《もつ》れ（三角関係）を想定したり、猟を終えた旅先での宴で座興として詠まれたとも推定されているが、いずれにしても薬猟の行事を詠んだものではない。

　このように五月五日に郊外に出て催された薬猟は、天智十年（六八一）には宮廷内の行事になっている。この年の五月五日には西　小殿《にしのこあんどの》に皇太子や諸臣を参列させて宴を催し、その場で「田舞《たまい》」（農耕の繁栄を祝うための舞）も舞われた。

　これは従来諸王、諸臣を引き連れて郊外で行われた薬猟とは違い、五月五日の行事が宮中で催されるようになったということであり、ここには郊外の行事から宮中の行事へという大きな変化が見られる。ただ田舞は天武天皇が始めたとの伝え（続日本紀天平十五年五月の詔）

もあって定かでないが、天武《てんむ》・持統《じとう》朝《ちょう》（七世紀末）は宮廷儀礼が整えられた時期であることを加味すると、端午の行事が宮中の行事として定着したのはほぼこの頃であったと思われる。

その後大宝《たいほう》元年（七〇一）五月五日には、天皇が「走馬《はしりうま》」（五位以上の者が献上した馬を走らせる行事）を観覧している。この年始めて「走馬」が端午の節に伴う行事として行われているが、これはおそらく薬猟が騎馬で行われたことの名残であろう。

宮中で催された端午の節に関わる記録は天武・持統朝に断片的に見られるが、大宝元年（七〇一）以降は聖武天皇が即位した神亀《じんき》元年（七二四）から天平《てんぴょう》十九

蒲生野（滋賀県）の万葉の森にある薬猟（くすりがり）の場面を描いたレリーフ。

年（七四七）の間に見られるだけで、二十三年の空白期間がある。

聖武が即位した年の五月五日の行事の時には、天皇自ら「重閣《ちょうかく》の中門」（大極殿か朝堂院の南門）に出て「猟騎《りょうき》」（馬に乗って弓を射る儀式）を観覧しているが、猟騎に仕えた者は皇族、貴族をはじめ近隣諸国の庶民にまで及ぶ盛大なものであった。ここには宴のことは記されてないが当然催されたとみてよい。天平元年（七二九）には平城宮の北に隣接する「松林苑《しょうりんえん》」に五位以上の貴族を招いて宴を催し、天平十五年（七四三）の内裏での宴では時の皇太子阿部内親王（後の孝謙・称徳天皇）が五節《ごせち》の舞を舞っている。

大宝元年（七〇一）以降の五月五日の行事は走馬・猟騎などの競技を中心としたものであり、天平十九年（七四七）の五月五日にも「南苑」で騎射《きしゃ》（猟騎と同じか）や走馬《はしりうま》が行われているが、この日には〔元正〕太上天皇《だじょうてんのう》（譲位した後の天皇の称号）が詔《みことのり》して、「昔は五日の節《せち》会《え》には常に菖蒲《あやめ》を蘰《かずら》（髪飾り）としていたが、近年こうした風習が廃《すた》れてしまった。今後は、菖蒲の蘰《かずら》を着けない者はこの日には宮中に入ってはならない」と告げている。

騎射、走馬を中心とした行事は神亀以降の五月五日の節の主流をなしているもので、特に変化はないが、太上天皇（元正）の詔に注目しよう。それによると、昔、五日の節には菖蒲を蘰《かずら》とすることが恒例であったが、近頃はその風習が途絶えてしまった。今後は菖蒲の蘰《かずら》をしない者は宮中の行事に参加してはならない、という。

元正太上天皇は一年後の翌天平二十年(七四八)四月二十一日に亡くなっている。時に六十九歳(六十八歳とも)、当時としては長命である。天平十九年の端午は結果的に最後となったが、元正は最晩年にいたって少女期から青春期に行われた節日を振り返り、菖蒲の蘰《かずら》を見かけなくなった近年の行事の変わりようを見て飽《あ》きたらぬ思いを抱いていたようだ。

詔にいう「昔」は漠然としているが、おそらく少女期から青春期に至る多感な時期をいうのであろう。没年から逆算するとその時期は七世紀末から八世紀初頭にかけての持統・文武朝に相当する。この時期は五月五日の節の記録が天武・持統朝を挟《はさ》んだ前後に散見することと符合する。元正天皇の在位中は空白期間であり、端午の行事がどのようであったか分からない。ただ、騎射や走馬は勇壮ではあっても優雅ではない。そこで、晩年を迎えた太上天皇(元正)は多感な少女期の頃に思いを馳せ、菖蒲の蘰《かずら》をつけ、着飾った宮廷人たちを招いて催された宮中の節会を懐かしんで、旧習に復すよう求めたのであろう。

これらの事柄から五月五日の行事はおおよそ次のように表示できる

推古十九年（六一一）	郊外の行事（薬猟）	A
天智十年（六七一）	宮中の行事（騎射・走馬・菖蒲蘰《かずら》）	B
大宝元年（七〇一）	空白？（二十三年間）	C
神亀元年（七二四）	宮中の行事（騎射・走馬）	D
天平十九年（七四七）	宮中の行事（騎射・走馬・菖蒲蘰《かずら》） Bの復活	E
天平宝字二年（七五八）	停止の詔	F

わが国の五月五日の行事は郊外での薬猟に始まっている。その時期は表のAの時期に想定できるが、まだ恒例の行事として毎年行われていたわけではなさそうだ。やがてこの行事は郊外から宮中に移ると共にその内容も大きく変化している。ほぼ表のBの期間内のことになるが、七世紀の後半から八世紀初めにかけての天武・持統・文武朝には、この日に菖蒲の蘰《かずら》を着けた宮廷人の前で騎射・走馬が行われ、華やかな宴も催されたようだ。

その後、表のCの期間に相当する元明・元正女帝の時代には端午の行事に関する記事はなく、いわば空白の期間である。復活したのは表のDの期間、聖武の即位した神亀元年（七二四）であったが、この折りの行事は騎射・走馬を主としたもので、もはや菖蒲蘰《かずら》をした宮廷人の姿はなかった。その変わり様を嘆いた晩年の元正太上天皇は、特に詔して天武・持統・文武朝の旧習に戻すよう命じている（表のE）。

ただそれも十年足らずで、天平勝宝《てんぴょうしょうほう》八年（七五六）五月二日に聖武天皇が亡くなり、阿倍内親王（孝謙）が即位すると、翌々年天平宝字《てんぴょうほうじ》二年（七五八）三月には次のように詔している。「五月は聖武天皇の忌月であり、端午の節句が来ると先帝聖武の死を悼む思いにかられ、宴を設けて杯事など行うに堪えられないので節句を止める」と（表のF）。

その後、端午の行事は光仁天皇の宝亀《ほうき》八年（七七七）に復活しているが、こうした経過を辿《たど》ってみると、端午の行事は恒例として毎年行われていたわけではなく、行事の内容も一様でなかったことが分かる。

二、万葉歌と端午の行事

実は端午の様相を詠んだ万葉歌の大半はほぼ制作年代が分かるが、それらは極端に片寄っている。この片寄りは行事内容の移り変わりと密接に関係しているようだ。そこで次に行事と歌との関係を考えてみよう。端午の行事の様相を詠んだ歌は次のようなものである。

①ほととぎすいたくな鳴きそ汝《な》が声を五月《さつき》の玉にあへ貫《ぬ》くまでに（巻8・一四六五）
（ホトトギスよそんなに激しく鳴かないでおくれ、おまえの声を五月の玉に混ぜて糸に通す日までは）

②ほととぎす　鳴く五月《さつき》には　菖蒲草《あやめぐさ》　花橘《はなたちばな》を　玉に貫き………（巻3・四二三）
（ホトトギスの鳴く五月には　菖蒲草や花橘を（五月の）玉に混ぜて糸に通し）

③ほととぎすいとふ時なし菖蒲草《あやめぐさ》かづらにせむ日こゆ鳴き渡れ（巻18・四〇三五）
（ホトトギスの声はいやな時などないから菖蒲草を蘰《かずら》にする日にはここを鳴きながら通ってくれ）

④卯《う》の花の　咲く月立てば　めづらしく　鳴くほととぎす　菖蒲草《あやめぐさ》　玉に貫くまでに………（巻18・四〇八九）
（卯の花の咲く月になると素晴らしい声でなくホトトギスは　菖蒲草を玉に通す五月まで）

⑤ほととぎす　来鳴《きな》く五月《さつき》の　菖蒲草《あやめぐさ》　花橘《はなたちばな》に　貫《ぬ》き交《まじ》へ　かづらにせよと・・・（巻18・四一〇一）

（ホトトギスが来て鳴く五月の菖蒲草や花橘に交えて（真珠を）糸に通して蘰《かずら》にするようにと）

⑥白玉《しらたま》を包《つつ》みて遣《や》らば菖蒲草《あやめぐさ》花橘《はなたちばな》に合《あ》へも貫《ぬ》くがね

（真珠を包んで届けたら菖蒲草や花橘に交えて（五月の玉として）糸に通して欲しい）（巻18・四一〇二）

⑦ほととぎす　来鳴く五月《さつき》の　菖蒲草《あやめぐさ》　蓬《よもぎ》かづらき　酒宴《さかみづき》　遊《あそ》び慰《な》ぐれど……（巻18・四一一六）

（ホトトギスが来る五月の菖蒲草や蓬を蘰《かずら》にし、酒を酌み交わして遊び慰めたのだが）

⑧菖蒲《あやめぐさ》　花橘《はなたちばな》を　少女《をとめ》らが　珠貫《たまぬ》くまでに……（巻19・四一六六）

（あやめ草や花橘を少女《をとめ》たちが玉に通す五月の節句の頃まで）

⑨ほととぎす今来鳴《いまきな》き始《そ》む菖蒲《あやめぐさ》かづらくまでに離《か》るる日あらめや（巻19・四一七五）

（ホトトギスは今来て鳴き始めた。あやめ草を蘰《かずら》にする五月の節句までここを放れることがあろうか）

⑩夕さらば　月に向かひて　菖蒲《あやめぐさ》　玉に貫くまでに　鳴き響《とよ》め……（巻19・四一七七）

（夕方になったら月に向かって　あやめ草を玉に通す日まで鳴き通して）

⑪菖蒲草《あやめぐさ》　花橘《はなたちばな》を　貫《ぬ》き交《まじ》へかづらくまでに……（巻19・四一八〇）

（あやめ草や花橘を交えて糸に通して蘰《かずら》にする（節句の）日まで）

①はホトトギスに向かって、五月五日にお前の鳴き声を「五月《さつき》の玉《たま》」に貫く日までは、鳴き枯らすことなくその声を残しておいて欲しいというもの。「五月の玉」は薬玉《くすだま》のこととされているが、「薬玉」という語は万葉の時代には見られない。その初見は嘉祥《かしょう》二年（八四九）五月五日、仁明《にんみょう》天皇の「五月五日に薬玉を身につけ、酒を飲む人は、命長らえ福を授かることができるので、天皇は臣下に薬玉と御酒を与える」という詔にみられる（続日本後紀《しょくにほんこうき》）。当時菖蒲や蓬《よもぎ》などの香りの強い草には邪気を祓う呪力《じゅりょく》（不可思議な力）があると信じられ、酒も神から与えられたもので呪力があるとされていた。ここには〈長命招福〉というこの行事の意味が示されているが、これは古代社会を通してこの行事の根幹をなすものであった。

この種の歌が詠まれるようになったのは天武・持統朝辺りからであり、①②はこの時期のものと推定できる。①の作者と伝える藤原夫人《ふじわらのぶにん》は藤原鎌足の娘の五百重娘《いおえのいらつめ》で、天武の夫人の一人であった。また②は石田王《いわたのおおきみ》の死亡時に山前王《やまくまのおおきみ》が哀傷して詠んだ歌で、生前の姿を偲ぶ描写の一節であるが、作者については柿本人麿とも伝えている。この二首の制作時期は表のBに相当し、端午の行事の様相を伝える初期のものである。

③から⑪までは作者及び制作時期が明記されている。③は天平二十年（七四八）三月二十

二日に、左大臣橘家の使者として越中にやって来た田辺史福麿《たなべのふひとさきまろ》を大伴家持が国守の館に迎え、饗応《きょうおう》した時の福麿の歌。④から⑪はすべて大伴家持の作。④〜⑦は天平感宝《てんぴょうかんほう》元年（七四九）五月、閏《うるう》五月、⑧〜⑪は天平勝宝《てんぴょうしょうほう》二年（七五〇）三月、四月の作で、この二年間に集中して詠まれたもの。これらはホトトギスへの愛着を詠んだものや酒宴の席での作などで、すべて家持が赴任先の越中で詠んだものである。

先に端午の行事は恒例となっていたわけではなく、行事の内容も一様ではないといったが、この行事の変遷と歌が極端に片寄っていることとは関連しているようだ。①②は表のBに相当する時期のものであるのに対し、③〜⑪は表のEの時期と重なる。つまり表のCDに相当する大宝元年（七〇一）から天平十九年（七四七）の間には、制作時期が分かるものの場合、端午の行事を詠んだ歌は一首も見あたらないことになる。

表Cの期間は端午の行事の記録がない空白期間であり、行事が行われたか否か不明だが、かりに行われたとしてもDの期間のものと大きな違いはなかったろう。Dの期間の行事は騎射や走馬を中心としたもので、参加した宮廷人たちは菖蒲の蘰《かずら》を着けてはいなかった。そこで元正太上天皇は詔して、今後宮廷では昔通りにこの日には菖蒲の蘰《かずら》をするよう命じている。以後端午の行事は旧習に倣《なら》って行われたらしく、この時期（表のE）と重なって万葉歌（③〜⑪）もみられる。Eの時期の万葉歌の作者は田辺史福麿（③）と大伴家持（④〜⑪）であるが、家持は天平十八年（七四六）に越中の守《かみ》（長官）として赴任しているから、天平十九年（七四七）の端午の節会《せちえ》には参加していないので、詔のことは後に知ったことになる。おそらく天平二十年（七四八）三月橘家の使者として越中を訪れた田辺史福麿からも直接聞いたに違いない。事実福麿は家持の館に招かれ、宴の席で「菖蒲草《あやめぐさ》かづらにせむ日」（③）と詠んでいる。家持の歌（④〜⑪）が翌年から二年の間に集中しているのも福麿の歌に刺激されたことによると思われる。この頃家持は強く帰京を願っていたようだが、それだけに京の情報には敏感に反応している。つまり、この辺りに端午の様相を詠んだ歌が纏《まと》まって見られるのは、京での節会の様を強く意識していたためかと思われる。

ただ、歌の内容はきわめて類型的である。①〜⑪の歌はホトトギスが飛来する季節の指《し》標《ひょう》（めじるし）として、菖蒲をかづらにするとか、菖蒲や花橘を玉に貫く、と言った端午の行事の一面を詠んだものばかりで大同小異である。しかも、それは五月五日の節に詠まれたものではなく、あくまでもその季節を特徴づける風物として、行事の外側から詠まれているものばかりである。節会の折りにも歌が詠まれたであろうが、確かなものは一首も見あたらない。この傾向は平安朝でも同様で、五月五日に行われた歌合《うたあわせ》や根合《ねあわせ》の歌は見られるが、宮中での節会の折りの歌は残されていない。

ところが端午の行事そのものは奈良朝と違って、平安朝には庶民の行事として行われる程の広がりをみせている。その日の様相の一端は『枕草子』にみられる。

節《せち》は五月にしく月はなし。菖蒲《さうぶ》・蓬《よもぎ》などかをりあひたる、いみじうをかし。九重《ここのへ》の御殿《ごてん》の上をはじめて、いひしらぬ民《たみ》のすみかまで、いかでわがもとにしげく葺《ふ》かんと葺きわたしたる、なほいとめづらし。

（節句は五月の節句に及ぶものはない。菖蒲や蓬などが香り合っているのはたいへん面白い。御殿の上をはじめとして、言うほどのこともない人々の住まいまで、どうにかして自分の所に多く葺こうと一面に葺いてあるのは、やはりたいへん素晴らしい。）

これを見る限り平安朝の中頃には菖蒲を屋根に葺く風習が、宮殿はもちろんすでに民家にも及んでいたことが分かる。端午の行事が広く民間の行事としても行われていたということだが、奈良朝にはまださほどの広がりはない。宮廷とその周辺のごく限られた所で行われていたに過ぎず、行事自体は宮廷に固有の優雅なものであったろう。

万葉集には①〜⑪の他に、制作年次不明の家持の作（巻8・一五〇七〜九）と作者未詳の二首（巻10・一九三九、一九五五）があるばかりで、この内の一首は③と同一の歌である。この歌の片寄りから見ても端午の行事がまだごく限られた範囲で行われていたことが類推できる。これらの歌自体は魅力に富んだものとはいえないが、当時の宮廷生活の一端を垣間見《かいまみ》るには格好《かっこう》のものといえよう。

コメント

七夕の祭りは今では観光を目的とした盛大なものとなっていて、その伝説もよく知られているので、この点についてはコメントするまでもない。ただ、万葉の時代の七夕行事は当然のことながら今とは違っているので、その特徴を知ろうとすると七夕行事がわが国に何時どのようにして伝わったかについて知る必要があるが、この事についてはまだよく分かっていない。そこで、以下のタナバタとその伝来については、断片的な記録を基に推測したものである。

一、七夕の名称

日頃は当たり前のこととして受け入れていることでも、ふと、どうしてそうなのだろうかと疑問を抱いた時、よく分からないことがある。「七夕」をタナバタと読むのもその内の一つであろう。

通常タナバタといえば七月七日の行事や七夕伝説に登場する織女星のことをいうが、何故そういうのかということになると、まだ十分に説明されているとはいえない。そこでこの問題については断片的な事柄を基にして大胆に推測するしかない。

タナバタ（織女）は「牽牛《ひこぼしと》　与織女《たなばたつめと》　今夜相《こよひあふ》」（巻10・二〇四〇）とあるように、タナバタツメとも言われていた。もともとタナバタツメとは、村の神女の内から選ばれた神の嫁となる処女で、棚造りの建物の内で神の訪れを待ち、神のために布を織る神女のこととされ、七夕伝説のタナバタツメはわが国古代のタナバタツメに関する信仰と習合したものと説明されている（国史大辞典）。

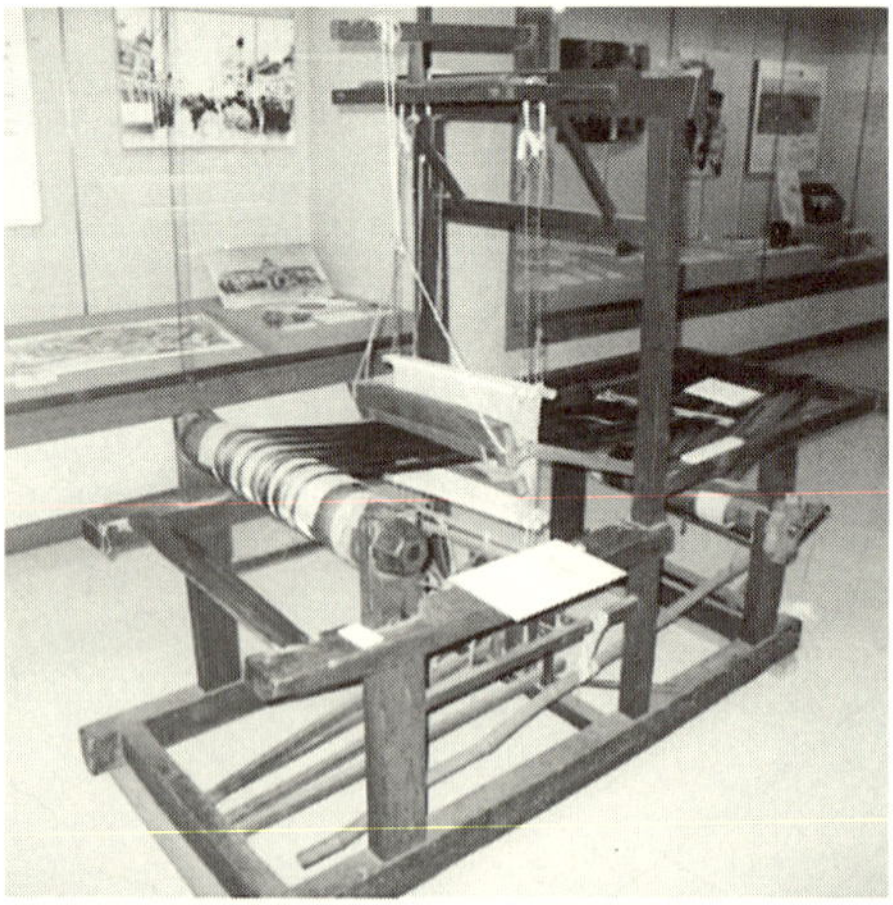

上、高機　下、地機（八王子市郷土資料館蔵）。古代の高機もこれに近いものであったろう。

通常はこのように説明されているが、棚造りの建物で機を織る女性をタナバタツメというのは、どうもしっくりしない。語構成からみても、タナバタ（棚機）ツ（の）メ（女）と思われ、棚機で布を織る女の意であろうから、棚機とは機織《はたお》り機《き》の一種と見なせる。万葉集に「棚機《たなばた》」（巻10・二〇三四）とあり、この場合は織女のことだが、織女のことをあえて「棚機」と表記しているのは、タナバタと呼ばれる織機があったからであろう。たぶんこれは高機《たかばた》の別名かと思われる。高機は地機《じばた》に対する呼び名である。地機は地面に座るような格好をして織る簡単な機織り機で、縦糸と横糸を交互に組み合わせた平織りのような簡単な布を織るのに用いられ、奈良時代の調布《ちょうふ》や庸布《ようふ》などの単純な平織りの布であればこれで織ることができる。

これに対して高機は地機よりも進歩した構造の機織り機で、簡単な織物はいうまでもなく、綾《あや》や錦《にしき》のようなより複雑で高級な織物を織ることも出来たろう。宗像大社の沖津宮《おきつみや》のある沖の島には数多くの祭祀遺跡があり、七、八世紀の遺跡からは金属製紡織具の雛形が多く出土しているほか、発掘したものではないが金属製高機の雛形も神社に伝えられているという。おそらく神に供える布は高機のような高度な織機で織られたのであろう。

棚機が高機の別名だとすると、棚機は五世紀頃中国から渡来した織女たちが持ち込んだものであろう。棚機とは神や貴人のために高級な絹織物を織ることの出来る最新の機織り機で、それを操る織女はタナバタ・タナバタツメといって特別視されたと思われる。いわばタナバタ・タナバタツメとは高度の機織り技術を持った織女の名称で、七夕伝説の織女も高度の機織り技術を持った女性として、わが国ではタナバタ・タナバタツメと呼ばれるようになったのだろう。たとえ棚機（高機）では綾・錦のような高級品は織れないとしても、最新の織機を巧みに操る女性は特殊視され、タナバタ、タナバタツメといわれたに違いない。

五世紀の頃にはわが国にも養蚕が伝わっていたらしく、仁徳天皇時代の事として次のように伝えている。仁徳天皇の大后《おおきさき》（後の皇后）であったイワノヒメは自分の留守に天皇が別の女性を宮中に召し入れたことを知り、怒って宮中には戻らず山城《やましろ》（京都府）の韓人《からひと》（百済系渡来人）ヌリノミの家に入ってしまう。その折りヌリノミは天皇と大后を仲介する手だてとして大后に蚕を献上している（古事記）。後に皇后が養蚕を行うという由来を語るもので、史実か否かはともかくとして渡来人によってわが国に養蚕が伝えられたことは確かである。

このような話の背後には、当時わが国の支配者がその存在を内外に誇示するために、中国の王朝に倣《なら》って装いを新たにしようとしていたという事情があったものと思われる。その一環として高級な絹織物を必要としていたのだろう。その為にタナバタ・タナバタツメと呼ばれた織女たちはわが国に招かれた者たちであった。また高級な絹織物の仕立てには高度で熟練した技術を要したので、縫女も同時に招かれたとみてよい。

二、七夕伝説の伝来

このように推測すると、七夕伝説が何時誰によってわが国に伝えられたかはほぼ明らかである。『日本書紀』によると、応神天皇は阿知使主《あちのおみ》らを呉《くれ》（中国）に遣わして「縫工女《きぬぬいめ》」を求めさせたところ、呉の王から「工女兄媛《ぬひめえひめ》・弟媛《おとひめ》・呉織《くれはとり》・穴織《あなはとり》、四婦女《よたりのをみな》」を与えられ連れ帰っている（応神天皇三十七年二月の条）。

雄略天皇の時代にも身狭村主《むさのすぐり》らが呉国の使者を伴って赴《おもむ》き、「手末《たなすゑ》の才伎《てひと》、漢織《あやはとり》・呉織《くれはとり》と衣縫《きぬぬひ》の兄媛《えひめ》・弟媛《おとひめ》等」を伴って帰国した（雄略天皇十四年正月の条）という、ほぼ同様の記事がある。手末《たなすえ》の才伎《てひと》とは技術者のことで、具体的には呉織《くれはとり》・穴織《あなはとり》という機織り職人（織女）と兄媛《えひめ》・弟媛《おとひめ》という裁縫職人（縫女）を意味する。

これらの記事を基にして想定すると、五世紀頃わが国から中国に織物の技術者の派遣を依頼したこと、彼女たちはわが国ではまだ技術的に困難であった錦などの高級な絹織物を織り、仕立てる技術者であり、宮廷に仕えたことが分かる。五世紀には大和の王権が勢力を広げ、国家としての体制を確立するが、王朝としての体裁《ていさい》を整えるためには先進国であった中国の文化を取り入れる必要があった。その一環として衣装を整えるために機織りの技術者（織女・縫女）を招いたわけで、おそらく七夕の行事は彼女たちが持ち込んだものであろう。

中国では、年に一度牽牛《けんぎゅう》と織女の二星が逢う七月七日の夜は、織女が機織りや裁縫に巧みであったことにあやかって機織りや裁縫の上達を願う乞巧奠《きっこうでん》という祭りが行われていた。渡来した織女・縫女はわが国でもこの祭りを執り行い、技の上達を祈ったに違いない。その後も乞巧奠《きっこうでん》は彼女たちの後継者、衣縫部《きぬぬいべ》（宮廷支配下の裁縫職人）服部《はとりべ》（宮廷支配下の機織り職人）たちの間で伝えられていたが、七世紀末の宮廷圏では七夕伝説だけが一人歩きし、官人たちの間で広く知られるようになった。彼らは年に一度の逢瀬しか許されない牽牛と織女の悲しい運命に心動かされたのであろう。

七夕伝説を知った官人たちは七日の夜に宴を催し、二星を偲んで歌を詠みあった。こうした風潮のもとに持統五年（六九一）には七月七日に宮中で宴が催され、やがて恒例の行事となったようだ。ただ乞巧奠《きっこうでん》は宮廷の縫部司《ぬいべし》や織部司《おりべし》に所属する女性たちには伝えられたであろうが、宮中の行事として表面化するのは平安時代になってからである。奈良時代には乞巧奠《きっこうでん》は機織りや裁縫に関わる女性たちだけで行われていたようだ。

三、七夕の歌

七夕伝説は万葉の時代を通して広く詠み継がれている。七夕の歌としてはっきりしているものだけでも一三二首程あり、伝説を踏まえた歌を含めるとさらに多くなる。主なものは制作順に

柿本人麻呂歌集　三八首
山上憶良　一二首
作者未詳　六〇首
大伴家持　一三首

などであるが、特徴的なのは半数近くが作者未詳ということであろう。しかも人麻呂歌集といってもすべてが人麻呂の作ではなく、人麻呂という名の下に収集されたものもあるようなので、これを加えると半数以上が作者未詳ということになる。作者未詳歌の大半は中・下級官人の作であり、人麻呂歌集の七夕歌もほぼ同様の者たちによって詠まれたものであろう。宮廷圏に伝えられた七夕伝説は広く中・下級官人の間にも知れ渡り、二星を偲んで七夕歌が詠まれるとともに、宮廷でもこの日に宴が催されている。

宮廷での七夕の宴は七世紀末の持統朝に始まっている。「公卿を招いて宴を催した」（持統五年（六九一）七月七日）とあるのが最初で、翌持統六年七月七日にも同様の記事がある。ただこれらはきわめて簡略で宴の様子は分からないが、天平六年（七三四）七月七日には、天皇が相撲を見た後、夕暮れに南苑《なんえん》で文人《ぶんじん》たちに七夕の詩を作るよう命じている。

ここには宴とは明記されていないが、天皇が相撲を見た後に南苑に出向いたのは宴が催されたからであろう。宮廷の宴に参加できたのは五位以上の貴族と作詩に耐えうる文人たちであったから、人麻呂歌集の七夕歌は宮廷以外の場で催された私的な七夕の催し（宴）で詠まれたものであろう。宮廷の宴で求められたのは漢詩であり、和歌が詠まれたとしてもよりくだけた場であった。

万葉時代の漢詩集である『懐風藻《かいふうそう》』には数首の七夕詩がある。作者は藤原史《ふじわらのふひと》、山田三方《やまたのみかた》、吉智首《きちのおびと》、紀男人《きのおひと》、百済和麻呂《くだらのやまとまろ》、藤原総前《ふじわらのふささき》の六名で、この内の半数は渡来系の知識人である。七夕詩の制作時期は明らかでないが、藤原史、山田三方はすでに持統朝で活躍しているし、やや遅れて文武朝には紀男人、その他は奈良朝に活躍しているので、宮廷で七夕の宴が催されるようになった七世紀末の持統朝の頃から詩作は行われていたようだ。ほぼ時期を同じくして人麻呂歌集の七夕歌も詠まれている。

だが、漢詩と和歌とでは天の川の渡河を巡って違いも見られる。

霊姿雲鬟《れいしうんびん》を理《おさ》め　（霊妙な姿の織女は雲の如く靡く髪を整え）
仙駕《さんが》潢流《くわうりゆう》を度《わた》る　（御車に乗って天の川を渡って行く）
窈窕《えうてう》衣玉《いぎょく》を鳴らし　（その織女はしとやかな様子で衣の玉を鳴らすが）
玲瓏彩舟《れいろうさいしう》に映《は》ゆ　（その様は美しく彩られた舟に映えて艶やかだ）
〔山田三方〕（本文の書き下しは日本古典文学大系『懐風藻』による）

漢詩では「仙車鵲《かささぎ》の橋を渡り」（吉智首）とあるように、織女が馬車で天の川を渡って行くのが普通であるが、この場合は織女が舟で天の川を渡っていく。和歌では牽牛《けんぎゅう》（彦星）が舟で渡るのが一般的なので、和歌に合わせて舟で渡るのであろう。

①天の川川音《かはと》清《さや》けし彦星《ひこぼし》の秋漕《こ》ぐ舟の波のさわきか（巻10・二〇四七）
（天の川の川音がはっきり聞こえるが、彦星（牽牛）が秋に漕ぐ舟の波のざわめく音だろうか）

②天の川波は立つともわが舟はいざ漕《こ》ぎ出《い》でむ夜《よ》の更《ふ》けぬ間《ま》に（巻10・二〇五九）
（天の川の波が高くても我が舟はさあ漕ぎ出そう、夜の更けないうちに）

③天の川白波高しわが恋ふる君が舟出は今し為《す》らしも（巻10・二〇六一）
（天の川の白波が高いが、お慕いする君（牽牛）は今船出をするらしい）

①は当事者を離れた第三者の立場で詠んだもの。②は牽牛（彦星）の立場、③は織女の立場で詠んだものである。このように万葉の七夕歌は第三者、牽牛（彦星）、織女の三者三様の立場で詠まれているが、いずれにしても天の川を渡るのは牽牛（彦星）である。ごく僅かではあるが「天の川打橋《うちはし》渡す君が来《こ》むため」（巻10・二〇六二）とあるように、打橋（杭《くい》を打って板を渡した橋）を架けるものもあるが、この場合にも通ってくるのは牽牛であることに変

わりはない。ただ例外もある。

天の川棚橋《たなはし》渡せ織女《たなばた》のい渡《わた》らさむに棚橋《たなはし》渡せ（巻10・二〇八一）

（天の川に棚橋（板を渡しただけの簡単な橋）を渡せ。織女が渡って行かれるから棚橋を渡せ）

織女が天の川を渡るのはもう一首（巻17・三九〇〇）あるが、これらは漢詩の知識をもとに詠まれたもので特殊な例といえよう。

漢詩では天の川を越えて牽牛のもとに行く「行動する女（通う女）」であった織女が、和歌では逆に「待つ女」となっているが、それは七夕伝説をわが国の習俗に合わせて受け入れたからであろう。

わが国にも七夕伝説が伝えられる以前に水辺で機を織る女性がいた。

其《か》の秀起《さきだ》つる浪の穂の上に八尋殿《やひろどの》を起《た》てて、手玉《ただま》も玲瓏《もゆら》に機《はた》経《お》る少女《をとめ》は、是《これ》誰《た》が子女《むすめ》そ（あの波頭の高く突き出た上に大きな殿を建て、手玉の触れあう音を響かせて機を織る乙女は誰の娘か）

（日本書紀神代下第九段一書第六）

右の一節は、天上界から高千穂の峰に降りてきたニニギの命が、笠狭《かささ》の御崎で見かけた女性について尋ねる場面であるが、ここに登場する「少女《をとめ》」は神の訪れを待つ巫女（神女）の姿として描かれている。これはわが国の古代社会に見受けられる神迎えの様式であり、水辺で機を織る姿もその一つである。この機を織る乙女の居る「八尋殿《やひろどの》」は、「天照大神《あまてらすおほみかみ》、忌服《いみはた》屋《や》に坐《ま》して、神御衣《かむみそ》織らしめたまひし時」（天照大神が忌服屋にいらっしゃって神御衣を織らせられた時に）（古事記）、とある「忌服屋」（神聖な機殿）に相当し、乙女が織っているのは「神御衣」（神にさし上げる衣）である。

さらに訪れる神とそれを迎える乙女（巫女）の姿は、『古事記』の崇神天皇の時代にも次のような語りとして伝えられている。

活玉依毘売《いくたまよりびめ》という美しい女性のもとに毎晩美男子が通ってきたが、やがて身籠もってしまう。不審に思った両親が娘に尋ねると、何処の誰とも分からない男が毎夜通ってくるとのことであった。そこで両親は相手の素性を知ろうとして、娘に赤土を床の前に散らし、男の帰る時に麻糸を通した針を相手の衣の裾に刺すよう教える。娘は親の教え通りにすると、翌朝男の帰った道なりに麻糸が続いていた。それを辿《たど》っていくと三輪山の神の社に着いたので、相手の男が三輪山の神（大物主大神《おおものぬしのおおかみ》）であることが明らかになった、というものである。

この場合も毎夜通ってくる男（大物主大神）と活玉依毘売《いくたまよりびめ》とは、訪れる神とそれを迎える神聖な乙女、それは神の嫁としての巫女であるが、この神と巫女の結婚は理想的なものとして古代の男女の結婚の規範となっている。つまり、神話的には結婚する男女は神と巫女ということだが、現実としては神の生活（結婚）を真似ることが男女の理想的な結びつきを保証すると考えられていた。こうして通い婚の習俗は古代社会に定着したが、この限りにおいては古代の女性はひたすら男の訪れを待つしかなかった。

七夕歌で織女が「行動する女（通う女）」から「待つ女」になったのも、通い婚の習俗を基にして伝説を受け入れたからである。しかも水辺で機を織りながら神の訪れを待つ女の姿は、七夕伝説が伝えられる以前からの巫女の姿でもあったから、七夕の織女は「待つ女」となって違和感なく受け入れられたろう。

七夕伝説が通い婚の習俗を基に受け入れられたことにより、七夕の夜は地上の男女の思いがそのまま天上界の二星の思いと重ねられて詠まれるようになった。七夕歌は第三者、牽牛、織女の三様の立場で詠まれているが、牽牛、織女の立場での作は当時の男女間で交わす恋歌と殆ど変わらない。

①大空ゆ通ふわれすら汝《な》がゆゑに天《あま》の川道《かはぢ》をなづみてぞ来《こ》し（巻10・二〇〇一）

（大空を自在に通う私だが、あなたのために天の川を苦労して越えてきたことだ）

②遠妻《とほづま》と手枕交《たまくらか》へてさ寝《ぬ》る夜《よ》は鶏《とり》が音《ね》な鳴《な》き明《あ》けば明けぬとも（巻10・二〇二一）
（遠くに住む妻とやっと手枕を交わして寝る夜は、鶏よ鳴き声を立てないでくれ、たとえ夜が明けたとしても）

③万代《よろづよ》に携《たづさ》はり居《ゐ》て相見《あひみ》とも思ひ過ぐべき恋にあらなくに（巻10・二〇二四）
（たとえ万年もの間手を取り合って逢っていたとしても、あなたへの思いが消えてしまうような恋ではないものを）

④明日よりはわが玉床《たまどこ》をうち払ひ君と寝《い》もねず独りかも寝《ね》む（巻10・二〇五〇）
（明日からは私たちの床を取り除いて、あなたと床を共にすることもなく独りで寝るのかなあ）

⑤秋風の吹きにし日より天の川瀬に出《い》で立ちて待つと告げこそ（巻10・二〇八三）
（秋風が吹き始めた日から、ずうっと天の川の瀬の辺りに立って、あなたのお出でを待っているとあの人に告げて欲しい）

⑥秋風に今か今かと紐解《ひもと》きてうら待ち居るに月かたぶきぬ（巻20・四三一一）
（秋風に吹かれて、今来るか今来るかと衣の紐を解いて待っているのに、もう月は西に傾いてしまった）

①〜③は牽牛の立場で詠まれたものだが、①は長い道のりを苦労してやって来たとして、行動を以て織女への思いの深さを示し、②はやっと逢えた喜びに、共寝の夜は夜明けを告げないでくれと鶏に呼びかけている。③は「万代」を引き合いに出して不変の愛を訴えるもの。一方、④〜⑥は織女の立場で詠まれたものとなっている。④は牽牛と逢えたのもつかの間、明日からの独り寝を思い、別れた後の寂しさを思い嘆いている。⑤は秋の訪れと共に訪れを待ち焦がれていると牽牛に告げて欲しいとの願い。⑥は、牽牛の訪れを今か今かと待ち焦がれている内に、もはや月が傾いたとして不安や焦燥を抱く織女の思いがにじみ出ている。

これらの思いは万葉の恋歌に多く見かけるものであり、作者が日常の生活の中で抱く思いがそのまま牽牛や織女の思いとして詠まれている。いわば、万葉人と「等身大の恋」となっていることが、万葉七夕歌の特徴といえよう。

それにしても、万葉の時代に中国伝来の行事で宮廷圏の人々にこれほど幅広く受け入れられたものは他にない。それは唯一、年に一度の逢瀬しか許されない悲運の男女という天上界のロマンが彼らの関心をそそったからであろう。

コメント

新嘗祭《にいなめさい》といっても今ではよく知らない人が多いだろうが、農業を営む地域では今でも各家庭で大切な祭りとして行われている。工業化される以前はさらに広く行われていて、その歴史も古くわが国の文化史の上でも大変重要な行事である。ここではその一端を万葉集に見てみよう。ただ、新嘗についての説明は始めての人には分かりにくい点があるかもしれないが、概略でいいのであまり気にせず先に読み進めよう。

また、その時期になると毎年天皇が皇居で田植えや稲刈りをする様子がテレビで放映されるが、その他の作物のことについてはこのようなことはない。では、何故天皇は稲だけを栽培するのだろうか、そのヒントは新嘗祭にある。

一、新嘗祭とは何か

年中行事の内、正月、上巳、端午、七夕は中国伝来の行事であるが、新嘗はわが国古来の祭であり、その成り立ちは他の行事とは全く違うものであった。新嘗は今では「にいなめ」と言うが、万葉の時代には「にひなへ《ニイナエ》」「にひなひ《ニイナイ》」とも言い、その意も、ニヒ（新）ニヘ（贄）・ニヒ（新）ナメ（嘗）・ニヒ（新穀）のアヘ（饗）等と様々であるが、いずれにしても新しく穫れた穀物を神に供え、自らも食べてその年の収穫を感謝する祭りである。それにしても何故この様な祭りが行われるようになったのだろう。たぶんその手がかりは古来日本人が主食としてきた穀物にある。

古代の人々は活力の源である穀物には特別な力が宿っていると考え、それは人知の及ばないものであったから、この世のものではなく神の世のものと考えたらしい。その痕跡はオホゲツヒメという食物の女神の死体から穀物等が生じたと語る『古事記』の神話にみられる。それによると、頭から蚕、二つの眼から稲種、二つの耳からは粟、鼻から小豆、陰部から麦、尻から大豆が生じたので、カムムスヒの御祖命《みおやのみこと》がこれを取って種とした、とある。

これは穀物の起源を語る神話の一つで、穀物が神の世界のものであることを示していよう。人はこの穀物を神から分け与えられたのだが、その収穫の有無は人の力ではなく、神によるものと考えていたから、神に豊作を願い、穀物が穫れると神に供えて収穫を感謝しその喜びを神に伝えようとした。新嘗といわれるこの祭りは農耕社会でもっとも大切な祭りであり、農耕生活を営むようになった縄文時代後期頃に始められたものだろう。

新嘗は「稲」の祭りとなっていることから、常陸国風土記にみられる「新粟初嘗」は通常「新粟《わせ》の初嘗《にひなへ》」と訓《よ》み、「新粟」を「早稲」の意としているが、古代では「粟」も主要な穀物であったことから見ても、この場合は文字通り「粟」を神饌《しんせん》（神への供え物）とした収穫の祭りであったろう。地域によって栽培する穀物の種類も収穫時期も違っていたろうし、祭りも耕作を共にする小集団ごとに行われたろうから、新嘗の祭りの時期も地域や集団によって様々であったに違いない。

こうした民間の祭りと並行して支配階級の間でも古くから新嘗の祭りは行われていたが、やがて広域を支配する王が現れて国家を形成するようになると、国家の体制を整えるために各種儀礼の整備が始まる。この動向に沿って新嘗の祭りも整えられることになるが、その時期は七世紀後半の天武朝《てんむちょう》辺りからであった。

この頃になると即位後の最初の新嘗の祭りを大嘗〈おほにへ《オオニエ》〉(「おほんべ《オオンベ》」とも)と称して特別に扱う祭りとなっている。だが、この祭りが践祚大嘗祭《せんそだいじょうさい》(即位後の最初の新嘗祭)といわれるようになって、すっかり整えられたのは平安朝になってからである。祭りは収穫を終えた十一月の卯《う》の日に行われたが、卯の日が二度ある場合は下の卯、三度ある時には中の卯から四日間にわたって行われている。初日に神事が行われ、次の二日間は即位儀礼とほぼ同じ儀礼と宴が催され、最終日は豊明節会《とよのあかりのせちえ》(宴)という構成である。

ただ、天武朝の大嘗祭の実態は明らかでなく、その日取りもまだ卯の日に固定されていたわけではないが、文武天皇が即位した翌年、文武二年(六九八)の大嘗祭以降は奈良朝期を通してほぼ十一月後半の卯の日に行われ、祭りの構成も次第に平安朝の践祚大嘗祭に近いものとなっていたろう。一方、新嘗祭は二日間の行事で、初日の神事と、翌日の豊明節会《とよのあかりのせちえ》（宴）という構成であり、奈良朝期においてもさほどの違いはなかったかと思われる。

農耕社会では主食であった穀物は神から与えられたものという神話を基に、新しく穫《と》れた穀物を神に供え、その収穫を感謝して祭りを執り行ったが、宮廷の新嘗は次のような新たな神話に基づいて行われている。

天皇家の祖先神である天照大神《あまてらすおおみかみ》はわが子天忍穂耳尊《あめのおしほみみのみこと》を地上界（葦原中国《あしはらのなかつくに》）の支配者として遣わす際に、

吾《あ》が高天原《たかまのはら》に御《きこ》しめす斎庭《ゆには》の稲《いなほ》を以《も》ちて、亦吾《またあ》が児《みこ》に御《まか》せまつるべし（私が高天原で作っている神田の稲穂をわが子に任せよう）

（日本書紀第九段一書第二）

といって、天忍穂耳尊《あめのおしほみみのみこと》に託している。だが、天忍穂耳尊が下界に下りようとした時に子供（ニニギの命）が生まれたので、急遽《きゅうきょ》この赤子（天照大神の孫）が父親に代わって下界に下り、地上界における天皇家の祖先になったという神話である。こうした神話を基に天上界の神から授けられた稲は地上界に広まり、天皇の支配する地上界にみずみずしい稲穂の満ちあふれた豊かな国、「瑞穂《みづほ》の国」が出現する。

稲を巡る天上界（天照大神）と地上界（天皇）の関係は、地上界においては天皇と支配下の人々との関係と重なっているため、大嘗（新嘗）祭の折りに天皇が祖先神天照大神に供える稲や酒（黒酒《くろき》・白酒《しろき》）は、支配下の国々から選ばれたユキ・スキといわれる国々から天皇に献上され、さらに天皇から祖先神に供えられている。

ここでは天皇は民間の新嘗祭における神の位置を占め、絶対的な存在となっているが、こうした宗教的土壌の上にカリスマ性（超人間的資質）が加わって、天皇は宮廷社会の中で神と称えられるようになった。こうして神と称えられた最初の天皇は、壬申《じんしん》の乱に勝利した天武天皇である。

大君《おほきみ》は神にしませば赤駒《あかごま》の腹這《はらば》ふ田居《たゐ》を都と成《な》しつ（巻19・四二六〇）
（大君は神でいらっしゃるので、赤駒の腹這う田んぼを都としてしまわれた）
大君は神にしませば水鳥《みづとり》のすだく水沼《みぬま》を都と成しつ（巻19・四二六一）
（大君は神でいらっしゃるので、水鳥が群れ集まる沼を都としてしまわれた）

これらは「壬申の年の乱の平定せし以後《のち》の歌」として伝えられたものであり、ここでは天皇を呪術的、神秘的で超人間的な存在とみて神として崇《あが》めている。ここに宗教的、政治的に絶対的な力を備えた天皇が出現したことで、宮廷は転換期を迎えた。
『古事記』は、序文によると天武天皇がそれまでさまざまに伝えられていた祖先の系譜や伝えを取捨選択して、本来の正しい姿に戻したものだという。この『古事記』では代々の天皇は、天上界の支配者である天照大神から地上界の支配を任されて降りてきたニニギの命の末裔（子孫）とされている。つまり、この世（地上界）の支配者は天の神の命を受けたもので、しかもその血筋に連なる者ということである。

この神話は各地の豪族を天皇の支配下に位置づける根拠となったため、天皇は唯一絶対の存在として君臨することになるが、それに相応しい体制を作るためには儀式等も整える必要があった。その一環として天皇家の新嘗（大嘗）の祭りは、天武天皇の時代に整えられたものであった。この事を念頭に置いて次に新嘗の歌を見てみよう。

二、宮廷の新嘗の宴歌

新嘗に関する歌はすべて宴の場で詠まれたものらしいが、万葉集に収録されてるのは僅《わず》かである。次の一群もその内の一つである。

二十五日に、新嘗会《にひなへのまつり》の肆宴《とよのあかり》に、詔《みことのり》に応《こた》へたる歌六首

（二十五日に、新嘗会の宴で詔に答えた歌六首）

①天地《あめつち》とあひ栄えむと大宮《おほみや》を仕《つか》へまつれば貴《たふと》く嬉《うれ》しき（巻19・四二七三）

（天地と共に長く栄えるようにと、新嘗の神殿造営に奉仕するのは、尊く嬉しいことです）

右の一首は、大納言巨勢朝臣《だいなごんこせのあそみ》

②天《あめ》にはも五百《いほ》つ綱延《つなは》ふ万代《よろづよ》に国知《くにし》らさむと五百つ綱延ふ（巻19・四二七四）

（天には五百尋《ひろ》の長い綱が張ってあります。万代にわたって国をお治めなさるとて五百尋《ひろ》の長い綱が張ってあります。）

右の一首は、式部卿石川年足《しきぶのきやういしかはのとしたりの》朝臣

③天地と久しきまでに万代に仕へまつらむ黒酒白酒《くろきしろき》を（巻19・四二七五）

（天地と共に万代にわたって醸《かも》してさし上げましょう、黒酒白酒を）

右の一首は、従三位文室智努真人《ふむやのちぬまひと》

④島山《しまやま》に照れる橘うずに挿《さ》し仕《つか》へまつるは卿大夫《まへつきみ》たち（巻19・四二七六）

（庭園の築山に照り輝く橘の実を髪に挿し、お仕えいたすのは吾が大君の臣下の者たちです）

右の一首は、右大弁《うだいべん》藤原八束《やつか》朝臣

⑤袖垂《そでた》れていざわが園《その》に鶯《うぐひす》の木伝《こづた》ひ散らす梅の花見に（巻19・四二七七）

（袖を垂らしてくつろいで、さあ私の庭園にまいりましょう、鶯が枝から枝へと渡っては散らす梅の花見に）

右の一首は、大和国《やまとのくに》の守《かみ》藤原永手《ながて》朝臣

⑥あしひきの山下日蔭《やましたひかげ》かづらける上にやさらに梅をしのはむ（巻19・四二七八）

（山の日蔭の葛《かずら》を髪に飾って大君にお仕えするという光栄にあずかった上に、さらに梅の花を愛で楽しもうというのですか、すばらしい趣向ですね）

右の一首は、少納言《せうなごん》大伴宿祢家持《おほとものすくねやかもち》

これらは天平勝宝《てんぴょうしょうほう》四年（七五二）十一月二十五日に催された新嘗祭の肆宴《とよのあかり》（天皇から賜る宴）で披露された歌である。①は天皇が治めている世の繁栄を祈って、新嘗の神殿造りに奉仕する喜びを詠んだもの。宮廷の新嘗は稲の収穫感謝の祭りであるから、「天地とあひ栄えむ」と言う祝福はただ漠然と「栄えむ」と言うのではなく、天皇の治世下では瑞穂の国の名に相応しく将来に渡って豊かな実りを得て国が富み栄える、と言うことであろう。だからこそ新嘗の神殿を設《しつら》える喜びは、そこで祭りを行う天皇を讃えることになる。②は難解な歌で、通常「五百つ綱延ふ」とは神殿の天井に多くの綱が張り渡してあるさまと言われているが、よく分からない。ここでは「五百つ（尋《ひろ》の）綱」（長い綱）の意とみて、それに言寄《ことよ》せて治世の万代であることを寿《ことほ》いだものとみておく。二句と五句の繰り返しは古歌によく見られるから、この歌も古歌に基づいて詠まれたものであろう。

③の黒酒・白酒は新穀で醸した酒で新嘗（大嘗）の神饌《しんせん》（供物《くもつ》）として供えられるものである。大嘗祭では占いによって選ばれたユキ・スキ両国の新穀が用いられた。この歌は神聖な黒酒・白酒を醸《かも》して献上し、この祭りに奉仕しようというもので、直接には臣従の誓いだが、同時に神饌の奉仕を通して治世《ちせい》の長久を寿ぐものとなっている。④では、廷臣たちがこぞってこの晴れがましい祭りに参列しておりますといって、治世のよろしきを祝している。

これら四首は、神殿の造営・神殿の様相・黒酒白酒の献上・廷臣たちの参列のさまを以て新嘗祭を執り行う天皇を寿ぐもので儀礼的であり、以下の二首とは趣が違っている。

⑤の「袖垂れて」は世の中がよく治まって平和であるさま。ここでは平和に暮らせる喜びを「袖垂れて」というくつろいだ姿で示して太平の世を讃えた上で、「いざわが園に」と宴に参列した人々を庭園への遊楽に誘っているが、これは宴の終わりをそれとなく告げるものである。時期的にはそぐわない梅と鶯の春景は人々を誘い出す口実であり、平和な治世下での遊楽を印象づけている。

これを受けて⑥では、まず、晴れがましい祭儀にお仕えして光栄であるとその喜びを示し、この上梅の花を楽しもうというのですか、とやや驚いた様子で、その必要もないほどに今宵の宴は素晴らしかったことを暗示しながら、梅を愛で楽しむのもそれはそれで結構だ、といって終宴に同意している。

この様にみてくると、①〜④と⑤⑥とは歌の内容からして連続して詠まれたものではないことが分かる。

肆宴に招かれたのは五位以上の貴族であり、その内で行政の最高機関であった太政官《だじょうかん》を構成する左右の大臣、大・中納言、参議及び皇族である諸王は上座《かみざ》、その他の貴族は下座《しもざ》というように、役職や官位によって席ははっきり決められていた。①〜④は上座、⑤⑥は下座で詠まれた歌で、歌の内容の違いは座の違いによるものだろう。まず、上座で儀礼的な挨拶の歌が披露され、暫《しばら》くして宴も酣《たけなわ》になると下座からくだけた歌が詠まれるようになり、頃合いをみてお開きの歌となる。⑤⑥はお開きを告げる歌であり、この前に多くの歌があったに違いない。

この時の太政官は、左大臣に正一位橘諸兄《たちばなのもろえ》、右大臣に従二位藤原豊成《とよなり》のほか、大納言（二名）中納言（二名）参議（五名）という構成であり、おおかたは出席したであろうから、上座の歌①〜④も総てではあるまい。これらは詔《みことのり》（天皇のことば）に応《こた》えて詠まれた歌であるから、最高位の左大臣がそれを無視するとは考えられない。（もっとも晴れの場での左大臣の

歌が記録されなかったというのも考えがたいのだが）

また、当時の五位以上の貴族は百数十人程度と推定されている。その内国守（長官）として各地に赴任した人は別として、京に住んでいる貴族の多くは出席したろうから、他にも歌を詠んだ者もあったろうが、何らかの事情で記録から漏れてしまったようだ。

三、民間の新嘗の宴歌

こうした宮廷の新嘗の宴と違い、民間のそれはまるで違っている。その詳細は明らかでないが、おおよそは次の歌から類推できる。

⑦にほ鳥の葛飾早稲《かづしかわせ》を饗《にへ》すともその愛《かな》しきを外《と》に立てめやも（巻14・三三八六）

（葛飾の早稲を神に捧げようと身を清めて籠もっている夜でも、愛しいあの人を外に立たせたままでいられようか）

⑧誰《たれ》そこの屋《や》の戸押《とお》そぶる新嘗《にふなみ》にわが背《せ》を遣《や》りて斎《いは》ふこの戸を（巻14・三四六〇）

（誰なの、この屋の戸を押し揺するのは。今夜は新嘗の祭だから身を清めて籠もっている、この屋の戸を押し揺するとは）

民間の新嘗祭は穀物倉などを臨時の祭場として行われたらしい。そこには身を清めた女性が籠もって神の訪れを待ち、神と一夜を共にした。その間人々は家で静かに籠もっていなければならなかった。⑦⑧はこの祭場に籠もった女の歌で、神事を終えた後の宴の場で歌われたものであろう。

⑦はこの上なく大切な神事の晩でも愛しい人を戸外に立たせてはおかないというのだが、古代の社会では農耕生活を営む人々にとって新嘗の祭りはもっとも大切な祭りであったことは自明のことであり、神の妻（巫女）の資格で籠もっている女が男を近づけて神を冒涜《ぼうとく》するようなことはあり得ない。だが、実際にあり得ないことをあるとして歌う時、宴の場の人々は、女がそれ程までに愛しい人とは誰なのかを巡ってたちまち大騒ぎとなり、あれこれ言い立てては笑い興じている、といった光景が目に浮かんでくるような歌である。

⑧もほぼ同様の雰囲気を伝える歌である。神の訪れを待つ女が籠もる神聖な場所に忍び込もうとする男などあり得ないのだが、そんな不届《ふとど》き者がいると歌い掛けると、宴の場はたちまちその犯人探しの場となり、犯人扱いされた者は逆に犯人に仕立てた者を真犯人だというように、誰だ彼だといっては騒ぎ立て、笑い転げているさまは⑦と同様の光景である（詳しくは拙著『万葉集の形成と形象』笠間書院を参照されたい）。

これらに見られる、日常を離れた宴の場ではしゃぎ、戯れ、笑い興じるなど、全身を使って収穫の喜びに浸る農民たちの姿は、収穫の祭りの一コマとして随所に見かける光景であったろう。新嘗の宴といっても、宮廷と民間ではこれほど違っていたのが万葉時代の姿である。

宮廷の宴と歌

コメント

宴の歴史は古く、万葉の時代の遥か以前から行われていた。この長い時代を通して宴は様式化され、それぞれの時代に相応《ふさわ》しく変えられているが、上座、下座といった座の構成は今でも受け継がれている。ただ、総ての宴がこのような形で行われるわけではなく、宴といっても公的なものから私的なものまで多様である。まずは公的な宴と歌との関係をみてみよう。

年中行事で催された宴も「宮廷の宴」であるが、これらは恒例のものとして別に扱ったので、ここでは臨時に行われた「肆宴《とよのあかり》」（天皇主催の宴）を対象とし、その様相を探ってみよう。次はその典型的なものである。

十八年の正月に、白雪多《さは》に降りて、地《つち》に積《つ》むこと数寸なりき。時に、左大臣橘卿《たちばなのまへつきみ》、大納言藤原豊成朝臣《ふぢはらのとよなりあそみ》と諸王臣等《おほきみおみたち》とを率《ゐ》て、太上天皇《おほきすめらみこと》の御在所《みましどころ》〔中宮の西院〕に参入《まゐ》りて、掃雪《ゆきばき》に仕《つか》へ奉《まつ》りき。ここに詔《みことのり》を降《くだ》して、大臣、参議《さんぎ》と諸王とは、大殿《おほとの》の上に侍《さもら》はしめ、諸卿大夫《まへつきみたち》は南の細殿《ほそどの》に侍はしめたまひて、すなはち酒を賜ひて肆宴《とよのあかり》したまふ。勅《みことのり》して曰《いは》く「汝諸王卿等《いましおほきみまへつきみたち》、聊《いささ》かにこの雪を賦《ふ》して各々《おのもおのも》その歌を奏《まを》せ」とのりたまふ。

（〔天平〕十八年の正月に、白雪がたくさん降って、地《つち》に積もること数寸（十数センチ）。時に、左大臣橘卿（諸兄）は大納言藤原豊成朝臣と諸王臣等とを引き連れて、太上天皇の御所〔中宮の西院〕に参り、雪掃きの奉仕をした。そこで太上天皇のお言葉により、大臣参議と諸王とは宮殿の中、諸卿大夫は南の細殿にそれぞれ侍《はべ》らせて、酒を与えて酒宴を催された。時に太上天皇は「お前たち諸王卿たちよ、この雪を題として各自が歌を詠みなさい」と仰せになった。）

左大臣橘宿禰《すくね》の、詔《みことのり》に応《こた》へたる歌一首

①降る雪の白髪《しろかみ》までに大君に仕《つか》へまつれば貴くもあるか（巻17・三九二二）

（降る雪のような白髪になるまで、大君にお仕え致しますのはおそれおおいことです）

紀朝臣清人《きのあそみきよひと》の、詔に応へたる歌一首

②天《あめ》の下《した》すでに覆《おほ》ひて降る雪の光りを見れば貴くもあるか（巻17・三九二三）
（天の下を覆い尽くして降る雪、その光を見ると神々しいことよ）
紀朝臣男梶《きのあそみをかぢ》の、詔に応へたる歌一首

③山の峡《かひ》そことも見えず一昨日《をとつひ》も昨日《きのふ》も今日《けふ》も雪の降れれば（巻17・三九二四）
（山間《やまあい》は何処がそことも見えない。一昨日も昨日も今日も雪が降り続いているので）
葛井連諸会《ふぢゐのむらじもろあひ》の、詔に応へたる歌一首

④新《あらた》しき年の初めに豊《とよ》の年しるすとならし雪の降れるは（巻17・三九二五）
（新しい年のはじめに豊作となる前兆らしい、雪が降り積もるのは）
大伴宿禰家持《おほとものすくねやかもち》の、詔に応へたる歌一首

⑤大宮の内《うち》にも外《と》にも光るまで降れる白雪見れど飽《あ》かぬかも（巻17・三九二六）
（大宮の内にも外にも、光り輝くほどに降り積もった雪は、いくら見ても見飽きないことよ）

藤原豊成《ふぢはらのとよなり》朝臣、巨勢奈弖麿《こせのなでまろ》朝臣、大伴牛養《うしかひ》宿禰、藤原仲麿《なかまろ》朝臣、三原王《みはらのおほきみ》、智奴王《ちぬのおほきみ》、船《ふなの》王《おほきみ》、邑知王《おほちのおほきみ》、小田王《をだのおほきみ》、林 王《はやしのおほきみ》、穂積朝臣老《ほづみのあそみおゆ》、小治田《をはりだの》朝臣諸人《もろひと》、小野《をのの》朝臣綱手《つなで》、高橋朝臣国足《くにたり》、太《おほの》朝臣徳太理《とこたり》、高丘連河内《たかをかのむらじかふち》、秦忌寸朝元《はたのいみきてうぐわん》、楢原 造 東人《ならはらのみやつこあづまひと》。

右の、件《くだり》の王 卿《おほきみまへつきみたち》等、詔《みことのり》に応《こた》へて歌を作り、次《つぎて》によりて奏しき。登時《すなはち》その歌を記《しる》さずして漏失せり。ただ、秦忌寸朝元は、左大臣橘卿戯《たはぶ》れて云《い》はく「歌を賦《ふ》するに堪《あ》へずは麝《じゃ》を以《もち》て贖《あか》へ」といへり。これに因《よ》りて黙已《もだ》をりき。

（右の王卿たちも詔《みことのり》に応《こた》へて歌を作り、次々に奏上した。その時すぐに歌を記さなかったので、それらの歌は失われてしまった。ただ、秦忌寸朝元は左大臣橘卿が戯れて「歌を作れなかったら麝香《じゃこう》で償ってもよい」といったので、そのまま黙ってしまった。）

題詞にはほぼ次のようなことが記されている。天平十八年（七四六）正月に大雪が降り、十数センチも積もった。時に左大臣橘卿は大納言や諸王諸臣を引き連れて、太上天皇（元正）の御所に出向き、除雪をした。除雪後、大臣・参議・諸王は「大殿の上」（宮殿の中）、諸卿大夫は「南の細殿」（廊下）で酒宴が行われた。その席で太上天皇は王卿たちに雪を題にして歌を詠むよう命じた、というもの。

そこで、まず左大臣橘諸兄《もろえ》は①で、この雪のように白い髪になるまで大君に仕えることが出来るのは光栄だ、と応《こた》えている。「仕へまつれば」という服属の誓詞は肆宴歌《とよのあかりのうた》の慣用句であり、この歌はその伝統に基づいて詠まれたものである。②は、雪の光を天皇の威光に見立てて称《たた》えたもの。天の下をあまねく覆う雪の光景は、天下に天皇の威光が満ちあふれているさまを暗示したもので、当意即妙《とういそくみょう》の頌歌《しょうか》といえよう。③は、山間も何処と見分けがつかないほどに、絶え間なく降る雪景色を詠んでいる。当時、雪は豊作の前兆と思われていたから、ここにもその思いが潜んでいよう。逆に④ではその思いをはっきりと表に出して、雪を「豊の年」の兆しとして称えている。⑤は、大宮の内も外も輝くほどに降り積もった雪の光景を「見れど飽かぬ」という典型的な頌句《しょうく》を用いて称えたもの。

これらは宴席で続けて披露されたものではなく、①と②以下とに大別できる。左注によると藤原豊成以下の十八人の内、秦朝元を除いた十七人も順次歌を披露したが、すぐに記録しなかったので漏失してしまった、とある。この宴は「大臣参議と諸王」は「大殿の上」(宮殿の中)、「諸卿大夫」は「南の細殿」(廊下)と題詞にあるように、上座と下座に別れて行われた。上座には①を詠んだ橘諸兄のほか、藤原豊成より林王までの十一人、下座は②〜⑤の作者四人の他に、穂積老以下楢原東人までの十二人であった。

おそらく歌は上座と下座に別れて披露されたものと思われる。上座の歌はここでは左大臣橘諸兄《もろえ》の一首だけだが、先に見た新嘗会の歌と同様に、天皇に奉仕する喜びや長寿を寿ぐものなど、儀礼的挨拶の歌で占められていたろう。下座に移ると②のような天皇の威光を称えるもの、③〜⑤のように雪の光景をめでたいものとして称えるなど、ややくつろいだ雰囲気の中で様々に詠み継がれ、君臣の秩序を保ちながらうちとけた和やかな宴となっている。こうした君臣和楽《わらく》の世界こそ宮廷の宴を特徴づけるものであった。

宮廷の宴の様子を伝えるのはこの歌群しかないが、おそらく他の宴も、天皇のもとでは官職や位階の順に上座と下座に別れ、上座では儀礼的な挨拶の歌、下座ではそれを含めてくつろいだ内容の歌も披露される、というように展開したろう。このように想定すると、断片的に記された以下の歌についても、それぞれの宴のおおよそは類推できる。

A

七日に、天皇《すめらみこと》と太上天皇《おほきすめらみこと》と皇大后《おほきさき》と、東《ひむがし》の常の宮の南の大殿に在《いま》して肆宴《とよのあかり》きこしめせる歌一首

（七日に、天皇（孝謙）と太上天皇（聖武）と皇大后（光明）が、東の宮の南の大殿におでましになって宴を催された歌一首）

印南野《いなみの》の赤ら柏《がしは》は時はあれど君をあが思ふ時は実無《さね》し（巻20・四三〇一）

（印南野のあから柏は色づく時期がきまっていますが、君を思う私の思いは何時とてきまった時など決してありません）

右の一首は、播磨国《はりまのくに》の守安宿王《かみあすかべのおほきみ》奏せり。

B

八月十三日に、内《うち》の南の安殿《やすみどの》に在《いま》して肆宴《とよのあかり》きこしめせる歌二首

（八月十三日に、内裏の南の安殿《やすみどの》で宴を催された歌二首）

①娘子《をとめ》らが玉裳裾《たまもすそ》びくこの庭に秋風吹きて花は散りつつ（巻20・四四五二）

（おとめたちが美しい裳の裾を引いて歩くこの庭に、秋風が吹いて花が散っている）

右の一首は、内匠頭兼播磨守《たくみのかみけんはりまのかみ》正四位下安宿王奏せり。

②秋風の吹き扱《こ》き敷《し》ける花の庭清き月夜《つくよ》に見れど飽《あ》かぬかも（巻20・四四五三）

（秋風が吹きしごいて散らせ、一面に敷いたような花の庭は、清らかな月の光の中で見ると、いくら見ても見飽きないことよ）

右の一首は、兵部少輔《ひやうぶのせうふ》従五位下大伴宿禰家持《おほとものすくねやかもち》　いまだ奏《まを》さず

C

六日に、内の庭に仮《かり》に樹木《き》を植ゑ、以《も》ちて林帷《かきしろ》と作《な》して肆宴《とよのあかり》きこしめせる歌一首

（六日に、内裏の庭に仮に樹木を植え、それを垣の代わりとして宴を催された歌一首）

うち靡《なび》く春ともしるく鶯は植木《うゑき》の木間《こま》を鳴き渡らなむ（巻20・四四九五）

（辺り一面春になったとわかるように、鶯は植木の木の間を鳴き渡って欲しい）

右の一首は、右中弁《うちうべん》大伴宿禰家持　奏《まを》さず

Aの「東の常の宮」は、平城宮の東の張り出し部にあった東院、「南の大殿」とは東院内の正殿である。天平勝宝六年（七五四）正月七日に、天皇（孝謙）、太上天皇（聖武）、皇大后（光明）は東院の正殿で宴を催した。柏の葉は宴席で食物などを盛るために用いられたも

ので、播磨国（兵庫県・印南野は播磨国内）からも柏が献上されている。当時播磨国守であった安宿王は、宴席に並べられた柏に目を付け、それに言寄せて忠誠の心を詠んでいる。この歌は上座で披露された内の一首であろう。

B①②は、天平勝宝七年（七五五）八月十三日に内裏の「南の安殿」（所在未詳）で催された宴の歌。**B**①の「花」は季節からみて萩の花であろう。女官たちが美しい裳《も》（スカート）の裾を引いてゆったりと歩いている庭に、折からの秋風で萩の花が散っている、という雅やかな宮中の光景を詠んだもの。**B**②は、萩の花が一面に散り敷いた庭が月光に照らし出されたさまを称えたものだが、宴では奏上（申し上げる）しなかった。

平城宮の東の張り出し部の南端に復元された東院庭園。宴などが催された。

Cは、天平宝字二年（七五八）正月六日、内裏の庭に仮に木を植え、「林帷《かきしろ》」（垣の代わり）にして行われた宴の歌である。この日の宴は翌七日の白馬節会《あおうまのせちえ》に行われるはずであったが、七日には仁王会《にんおうえ》（天下泰平、万民福利を祈願して宮中で行われる仁王経《にんのうきょう》を読みあげる法会）が行われることになったので節会は中止され、宴だけが六日に繰り上げて行われたらしい。この歌は内裏の庭に、垣の代わりに植えられた木々に鶯を呼び入れて春の光景を出現させ、宴の場を和やかな雰囲気で満たそうとしたものだが、これも何らかの事情で披露されなかった。

宮廷の宴で詠まれたA〜Cは、いずれもその断片であり、それぞれの宴の全貌は分からないが、君臣の秩序を保ちながらゆったりとして雅の世界に遊ぶという宮廷の宴歌の特徴はよくでている。おそらく記録から漏れた多くの歌も類似のものであったろう。

このように肆宴歌《とよのあかりのうた》はそれぞれの場に応じて詠まれているが、そこには規範意識が働き、くつろいだ場であっても一定の枠を外れることはなかった。現在でも儀式や冠婚葬祭の挨拶などはその場その場で違いはあるが、その場を祝い、或いは悼むという目的にそって表現されるために、長い間には自ずから規範のようなものが出来上がっている。逆にその規範を踏まえることが相互の人間関係を保つことになるから、時代や地域、階層によってその規範は違っていても、社会生活上の規範そのものはあり続けている。

万葉の時代の宮廷社会にも様々な規範があり、宴の歌もその規範に沿って詠まれたために、一定の傾向がみられ、それが特徴として表れている。

官人の宴と歌

コメント

「宮仕《みやづか》え」というと、今では一般に官庁や会社に勤めることをいうが、元々は宮廷に仕えることをいった。したがって、万葉時代の官人たちは文字通り「宮仕え」の身の上であった。彼等は親交を深めたり、時にはストレス解消のために宴を開いているが、それはピンからキリまで様々である。ここではそれらの様相を探ってみよう。

一、交遊・風雅の宴

官人たちにとつて宴は大切な交遊の場であった。そこで折に触れて宴が行われているが、階層や規模によってその様相には大きな違いがみられる。

橘《たちばなの》朝臣《あそみ》奈良麿《ならまろ》の集宴《うたげ》を結べる歌十一首

（橘朝臣奈良麿が宴会を催した歌十一首）

①手折《たを》らずて散りなば惜しとわが思《おも》ひし秋の黄葉《もみち》をかざしつるかも
（巻8・一五八一）

（折り取る前に散ってしまったら惜しいと思っていた秋のモミジを、手折って挿頭《かざし》にしました。）

②めづらしき人に見せむと黄葉《もみちば》を手折りぞあが来《こ》し雨の降らくに（巻8・一五八二）

（めずらしい方に見せようとモミジを手折って来ました。雨が降っているのに。）

右の二首は、橘朝臣奈良麿

③黄葉《もみちば》を散らす時雨《しぐれ》に濡れて来て君が黄葉《もみち》をかざしつるかも（巻8・一五八三）

（モミジを散らす時雨に濡れながら来て、今、こうしてあなたの手折った黄葉を挿頭《かざし》にしました。）

右の一首は、久米女王《くめのおほきみ》

④めづらしとわが思《も》ふ君は秋山の初黄葉《はつもみちば》に似てこそありけれ（巻8・一五八四）

（お慕いしているあなた様は秋山の初モミジにそっくり、若々しく照り輝いていますね。）

右の一首は、長忌寸娘《ながのいみきのをとめ》

⑤奈良山の峯の黄葉《もみちば》取れば散る時雨《しぐれ》の雨し間《ま》なく降るらし（巻8・一五八五）

（奈良山の峯のモミジは手に執ると散ってしまう。山では時雨が絶え間なく降るらしい。）

右の一首は、内舎人県犬養宿禰吉男《うどねりあがたのいぬかひのすくねよしを》

⑥黄葉《もみちば》を散らまく惜しみ手折り来て今夜《こよひ》かざしつ何か思はむ（巻8・一五八六）

（モミジが散るのを惜しんで折り取ってきて今夜挿頭《かざし》にした。この上はもう心配すること
はない。）

右の一首は、県犬養宿禰持男《もちを》

⑦あしひきの山の黄葉今夜《もみちばこよひ》もか浮びゆくらむ山川の瀬に（巻8・一五八七）

（山のモミジは今夜も浮かんで流れて行くのであろうか、山間《やまあい》の川の瀬を。）

右の一首は、大伴宿禰書持《ふみもち》

⑧奈良山をにほはす黄葉手折《もみちたを》り来て今夜《こよひ》かざしつ散らば散るとも（巻8・一五八八）

（奈良山を鮮やかに彩るモミジを折って来て今夜挿頭《かざし》にしたことだ。もはや散るなら散っ
てもよい。）

右の一首は、三手代人名《みてしろのひとな》

⑨露霜《つゆしも》にあへる黄葉《もみち》を手折り来て妹《いも》にかざしつ後は散るとも（巻8・一五八九）

（露霜で美しく色づいたモミジを手折って来てあの子の髪に挿したことだ。後はもう散っ
てもよい。）

右の一首は、秦許遍麿《はたのこへまろ》

⑩十月時雨《かむなづきしぐれ》にあへる黄葉《もみちば》の吹かば散りなむ風のまにまに（巻8・一五九〇）

（十月の時雨で美しく色づいたモミジは風が吹いたら散ってしまうだろう。風の吹くままに）

右の一首は、大伴宿禰池主《いけぬし》

⑪黄葉《もみちば》の過ぎまく惜しみ思ふどち遊ぶ今夜《こよひ》は明けずもあらぬか（巻8・一五九一）

（モミジが散ってしまうのを惜しんで親しい仲間が遊ぶ今宵は、このまま夜が明けないでいてくれないかなあ）

右の一首は、内舎人大伴宿禰家持《やかもち》

以前《さき》は冬十月十七日に、右大臣 橘 卿《たちばなのまへつきみ》の旧宅に集《つど》ひて宴飲《うたげ》せり。

これらは天平十年（七三八）十月十七日に右大臣橘卿（諸兄）の旧宅で行われた宴の歌である。橘諸兄はこの年の正月に右大臣に昇進し、息子の奈良麿を旧宅に残したまま転居したらしい。奈良麿は当時十八、九歳であり、まだ位もなく官職にも就いていなかったが、右大臣の息子ということで仲間内では中心人物となっていたようだ。

当日招かれた者の内、官職に就いていたのは「内舎人《うどねり》」（五位以上の子弟から選ばれて皇居の警備、宿直、天皇の雑役、行幸の護衛などを務めた官人）の県犬養吉男と大伴家持、そのほか大伴池主が従七位下で官職に就いていたようだが、他の人々は無官であったらしい。時に家持は二十一、二歳であり、他の者もそれに近いかそれ以下であったろう。この宴は親しく交流していた若い仲間たちによって行われている。当日の主賓は久米女王で、系譜は不明だが天平十七年（七四五）に無位から従五位下となっているから、当時まだ若かったようだ。

この宴は冬十月十七日とあるから現在の暦では十一月下旬に相当し、モミジもほぼ終わりに近い頃だったろう。そこで宴の主催者であった橘奈良麿は、まず①で秋の名残のモミジを挿頭《かざし》（髪に挿す飾り）にしたと詠むが、それは、今宵はこのモミジを愛《め》で楽しんで遊ぼうという参集した者たちへの呼びかけである。続く②では、このモミジは「めづらしき人」に見せようと雨に濡れて手折って来たものだと、その由来を説明している。「めづらしき人」とは、日頃逢えないので是非とも逢いたいと思っていた人といった意味で、相手を称えたもの。ここでは直接には主賓の久米女王だが、同時に参集した人々でもある。

宴の場には手折ったモミジが飾られ、人々は各自モミジを髪に挿して席に着いていたようだ。奈良麿の歌は、今年のモミジももはや終わろうとしています。今宵は秋の名残のモミジを存分に楽しんで遊びましょう。このモミジは雨の中を取ってきたものです、といった主旨の開宴の挨拶である。

これに対して一座の者を代表して久米女王は③で、奈良麿の用意したモミジを挿頭《かざし》にしたといって感謝の心を示している。さらに長忌寸娘《ながのいみきのおとめ》は④で、②の「めづらしき人」を受けて「めづらしとわが思《も》ふ君」とし、奈良麿を「初黄葉《はつもみちば》」、色づきはじめたモミジの照り輝く美しさになぞらえて称えている。秋の名残のモミジを愛《いと》おしむ宴の場に「初黄葉」ではそぐわないのだが、若い貴公子の形容とすることで、この場に相応《ふさわ》しいものに仕立てている。

相手の句やその場の景物を用いて応《こた》えるのは、当時の歌のやり取りの基本であり、この女性は歌作りに習熟した人であったようだ。久米女王の返歌の不足を補うために女王の立場に立って詠んだもので、おそらく彼女は、女王に仕えていた社交にもたけた教養ある女性であったろう。

①～④は宴の始めに行われる主催者と客とのやや儀礼的な挨拶ともいえるもので、この後にくつろいだ場での歌（⑤～⑩）が次々に披露されている。

くつろいだ宴の場ではまず県犬養宿禰吉男《あがたのいぬかいのすくねよしお》が⑤でモミジを手に執ると散ってしまうことを根拠に、時雨の降る奈良山の風景を想像している。次に県犬養宿禰持男《もちお》は⑥で、散りゆくモミジを惜しんで挿頭《かざ》して遊ぶことで、秋の名残のモミジを充分に味わい尽くしたといって、満ち足りた思いを顕《あら》わにしている。大伴宿禰書持《ふみもち》の⑦は、夜の間もやすみなく散り続けて谷川を流れる風景を持ち出し、モミジの散るのを惜しんでいる。⑧の三手代人名《みてしろのひとな》は⑥と同様に、美しいモミジを挿頭《かざ》して遊ぶ充足感をいい、続いて⑨の秦許遍麿《はたのこへまろ》もほぼ同様の思いを詠んでいる。大伴宿禰池主《いけぬし》の⑩では、再び風景を持ち出し、風に散るモミジを惜しむというように、これらはモミジの散るのを惜しむ心を具体的な風景として描くものと、挿頭《かざ》して遊び、秋の名残のモミジを心ゆくまで楽しむものとに大別できるが、その根は同じであり、どちらの側から詠むかによって表現の仕方に違いが生じている。

従来これらは誰のどの表現（句）を基にして詠まれたというように、相互の歌が密接に関係するとみられてきたが、必ずしもそうではなく、関係するにしてもより緩《ゆる》やかなものであった。初冬の頃に散り残ったモミジ、宴はこのモミジを愛で楽しもうとして催されたものであるから、風雅な遊びの場では落葉を愛《いと》おしむ方向で詠まれるのは自然の成り行きであり、その結果類似の語句や表現が目立つわけで、くつろいだ宴の場では冒頭の挨拶の歌と違ってより自由に詠まれたとみた方がよさそうだ。

⑪の大伴家持の作は親しい仲間たちとの楽しい遊びの夜は明けないで欲しいといって、宴の終わりの時が来たことを告げている。

この様な儀礼的な挨拶の歌とくつろいだ場の歌とで構成される宴は、宮廷の宴に見られるもので、万葉時代の宴の基本的なものであった。この意味で①〜⑪も典型的な宴歌といえよう。ただ宮廷の宴では官職、位階といった身分によって座席も歌を詠む順序もすべて秩序に従って行われたために、儀礼的要素がより強く出ているが、その点は官人たちの宴ではより緩やかになっている。「思ふどち」（親しい仲間）によるモミジの宴では、くつろいだ場では⑤〜⑩に見られるように、身分によって序列化されることはなかった。

この種の宴は官人たちの間で折に触れて催されたらしく、趣向を凝らしたものもある。

春二月に、諸の大夫等《まへつきみたち》の左少弁《させうべん》巨勢宿奈麿《こせのすくなまろ》朝臣《あそみ》の家に集ひて宴《うたげ》せる歌一首

（春二月に、諸大夫たちが左少弁巨勢宿奈麿朝臣の家に集まって宴会をした歌一首）

海原《うなはら》の遠き渡《わたり》を遊士《みやびを》の遊ぶを見むとなづさひそ来《こ》し（巻6・一〇一六）

（大海の遠い彼方から、風流な人々の遊ぶさまを見ようと波にもまれてやって来たことだ）

右の一首は、白き紙に書きて屋《やど》の壁に懸着《か》けたり。題《しる》して曰はく「蓬莱《とこよ》の仙媛《やまひめ》の化《な》れる嚢蘰《ふくろかづら》は、風流秀才の士《をのこ》の為なり。こは凡客《ぼんかく》の望み見らえぬかも」といへり。

（右の一首は、白い紙に書いて部屋の壁に掛けてあった。そこには「蓬莱《とこよ》の仙女の化身であるフクロカヅラは風流な人たちのためのものであって、平凡な客人には見ることが出来ない」と書いてある。）

これは天平九年（七三七）二月、巨勢宿奈麿《こせのすくなまろ》の家で催された宴の歌で、左注によると白い紙に書いたこの歌が壁に掛けてあり、その題には蓬莱（中国で東海にあるとされていた想像上

の山）の仙女の化身である「嚢蘰《ふくろかづら》」は風流に長《た》けた者の為のものであって、望んで見ることのできるようなものではない、と書いてあった。嚢蘰《ふくろかづら》は嚢の形をした蘰《かづら》とか、冠に着ける蘰《かづら》等といわれているが、よく分からない。おそらくこれは宴席の壁に歌と一緒に掛けられていたのであろう。

こうした趣向は、この宴に集まった人々を「風流秀才の士」としてもてなそうとする主催者の心遣いである。ここに集う人々はこの趣向を理解できる文人たちであった。官人の宴はこうした教養を身につけた者たちの遊びの場でもあった。

二、野辺の交遊

官人たちは時には野に出て季節の風物を楽しむこともあった。

天平勝宝五年の八月十二日に、二三《ふたりみたり》の大夫等《まへつきみたち》の、各々壺酒《おのがじしこしゅ》を提げて高円《たかまと》の野に登り、聊《いささ》かに所心《おもひ》を述べて作れる歌三首

（天平勝宝五年の八月十二日に、二三の大夫たちが各自酒壺を提げて高円の野に 登り、思うところを託して作った歌三首）

高円《たかまと》の尾花《をばな》吹き越す秋風に紐《ひも》解き開けな直《ただ》ならずとも（巻20・四二九五）

（高円のススキを吹き渡る秋風を受けて、衣の紐を解こうではないか。愛しい人が直に解くのではなくとも）

右の一首は、左京少進《さきやうのせうしん》大伴宿禰池主《いけぬし》

天雲《あまくも》に雁そ鳴くなる高円の萩の下葉《したば》はもみちあへむかも（巻20・四二九六）

（天雲の彼方でもう雁が鳴いている。高円の萩の下葉はすっかり色づくことであろうか）

右の一首は、左中弁中臣清麿朝臣《さちうべんなかとみのきよまろあそみ》

をみなへし秋萩凌《しの》ぎさを鹿の露分け鳴かむ高円の野そ（巻20・四二九七）

（女郎花や秋萩を踏みつけて来た雄鹿が露を散らして鳴くだろう高円の野よ）

右の一首は、少納言大伴宿禰家持《やかもち》

これらは天平勝宝五年（七五三）八月十二日に、気心の知れた者が各自壺酒を提げて高円の野に出向いて詠んだもので、他の宴とは違い様式にとらわれていない。時に中臣清麿は従五位下、五十二歳、大伴家持は従五位上、三十五・六歳、大伴池主ははっきりしないが正七位上程度で家持よりは年上であったようだ。この宴飲の場は官職や位階に関係なく、各自が思い思いに高円の秋の風情を詠んでいることから見て、もっともくつろいだ集いであったことが分かる。この種の集いは儀礼的な要素を必要としないきわめて私的なものであったので、気軽に行われていたようだ。

三、宴での戯れ

極端にくだけた宴は中・下級官人の宴に見られる。

長忌寸意吉麿《ながのいみきおきまろ》の歌（八）首

さし鍋《なべ》に湯沸《わ》かせ子ども櫟津《いちひつ》の檜橋《ひばし》より来《こ》む狐《きつね》に浴《あ》むさむ（巻16・三八二四）

（さし鍋に湯を沸かせよ、皆の者。櫟津《いちひつ》の檜橋《ひばし》を渡ってコンと鳴いてやって来る狐に浴びせてやろう）

右の一首は、伝へて云はく「一時《あるとき》に衆集《もろもろつど》ひて宴飲《うたげ》しき。時に夜漏三更《さよなか》にして、狐の声聞ゆ。すなはち衆諸《もろひと》興麿《おきまろ》を誘ひて曰く『この饌具《せんぐ》、雑器《ざふき》、狐の声、河、橋等の物に関《か》けて、ただ歌を作れ』といひき。すなはち声に応《こた》へてこの歌を作りき」といふ。

（右の一首は、言い伝えでは「ある時多くの者が集まって宴会をした。その折り夜中に狐の声が聞こえたので、ある者が意吉麿《おきまろ》に声を掛けて『この食器、雑器《ぞうき》、狐の声、河、橋等のものを詠み込んで歌を作れ』といった。すると即座にこの歌を作った」という）

左注ではこの歌について次のように説明している。ある時大勢集まって宴会をしていると、真夜中に狐の声が聞こえた。そこで人々は意吉麿《おきまろ》を唆《そそのか》してその場にあった調理用具、様々な器、狐の声、河、橋などのものを取り入れた歌を作れといったところ、すぐさまこの歌を作った、という。

この歌には「饌具《せんぐ》」として鍋、「雑器《ざふき》」には「櫟津《いちひつ》」の「ひつ」に櫃《ひつ》（飯を入れる器）を、また「津」にはツ（川の船着き場）を詠み込み、「来《こ》む」に狐の声を掛け、「橋」は「檜橋《ひばし》」として注文通りのものが巧みに詠み込まれている。意吉麿が歌作りに巧みであったことを知っていた人々は、宴たけなわの時に、何の関連もないままにその場で目についたものなどを並べ立て、これらを関連づけて歌にするよう難題をもちかけている。周囲の人々は歌作りに巧みな意吉麿でも無理だろうと思っていたところ、即座に詠み上げたので、呆気《あっけ》にとられるやら感心するやら、たちまちその場に歓声が上がり、宴は益々盛り上がっていく。仮に失敗しても、それはそれとして笑いの種となる、というように官人たちは、時には羽目を外して騒ぎに興じることもあった。

官人の宴は風雅なものから戯れまで様々であったが、こうした宴は年中行事の宴のように時を定めて行われるわけではなく、随時催されている。

これらの宴に登場する官人たちは朝廷の機構の整備に伴って各地から京に移住した人々で

あった。彼らはそれぞれの地域で暮らしている限り、一族を中心としたごく限られた地域の人々と交流するだけで済んだが、京では広範囲の者と交流することになった。この新たな事態の中で、宴（遊び）は円滑な人間関係を保つために行われている。

こうした事態が生じたのは、具体的には持統八年（六九四）十二月に遷都した藤原京以降のことであろう。万葉集には、官人の宴は七世紀末の藤原京の時代に若干見られる以外は、八世紀の平城京の時代のものであり、特に天平元年（七二九）～天平宝字三年（七五九）の間に多く見られる。これは万葉集に収録された歌がその時代の歌の総てではなく、限られていたことにもよるが、それ以上に新たに中国の文化を身につけた都市生活者に負うところが大きい。

仮に彼等が藤原京で誕生したとすると、天平期には三十代になる。都市で成育した彼らは、官人になるために中国の文物に学び教養を身につけた者たちであり、風雅を交流の手段として宴を催している。天平の時代に風雅な宴が盛んに催されるようになったのは、風雅を好む官人たちの多くが藤原京や平城京という都市で誕生した者たちであったからであろう。彼等は日本の歴史の上で始めて都市で成育した新しい感性を身につけた者たちであった。

旅の生活と歌

今では旅といえば名所旧跡を訪れ、神社仏閣や景勝地などを見て回るのが普通で、何時誰が何処へでも行くことが出来るが、古代ではまだこのような観光を目的とした旅はなかった。天皇の行幸に従うとか、官人が地方に出かけるとか、庶民が税を納めるため、兵士として、また都の造営に駆《か》り出《だ》されるなど、総て仕事の上での旅であった。

これらの内行幸と官人の旅では多くの歌が詠まれている。そこにはどのような思いが託されているのだろうか、ここではその辺りの事情を探ってみよう。

行幸と歌

コメント

天皇が外出することを行幸というが、それは距離の遠近には関係しない。たとえば天平勝宝三年正月「天皇東大寺に幸《みゆき》したまふ（天皇幸東大寺）」のように、平城宮から四キロ程度の所に出かける場合も行幸である。ただ、古代では行幸とは言わず、「幸」の一文字で表し、「幸《みゆき》す」とか「幸《いでま》す」と訓《よ》む。通常万葉集では後者で訓《よ》んでいる。

一、行幸地の讃歌

万葉集の特徴は長歌にあるのだが、初めて読む者にとっては分かりにくいのでこれまでは殆ど取り上げてこなかった。しかし、行幸先で詠まれた讃歌は長歌なので、ここではまず長歌を中心とした讃歌の様相を見ることにしよう。

吉野の宮に幸《いでま》しし時に、柿本朝臣人麿《かきのもとのあそみひとまろ》の作れる歌

（〔持統天皇が〕吉野の宮に行幸された時に、柿本朝臣人麿が作った歌）

①やすみしし　わが大君《おほきみ》の　聞《きこ》し食《め》す　天《あめ》の下《した》に　国はしも　さはにあれども
山川の　清き河内《かふち》と　御心《みこころ》を　吉野の国の　花散《はなち》らふ　秋津《あきづ》の野辺に　宮柱《みやばしら》
太敷《ふとし》きませば
②ももしきの　大宮人《おほみやひと》は　船並《ふねな》めて　朝川《あさかは》渡り　船競《ふなきほ》ひ　夕川《ゆふかは》渡る
③この川の　絶ゆることなく　この山の　いや高知《たかし》らす　水激《みづたぎ》つ　滝のみやこは
見れど飽《あ》かぬかも（巻1・三六）

（①〔やすみしし〕わが大君がお治めなさっている天の下には多くの国があるが、〔天皇は〕とりわけ山も川も清らかな河内（川に囲まれた地）として、〔御心を〕吉野の国の〔花散らふ〕秋津《あきづ》の野辺に立派な宮殿を建てられたので　②〔ももしきの〕大宮人は船を並べ

て朝の川に漕ぎ出し、船を漕ぎ競っては夕べの川を渡って行く　③この川の流れのように絶えることなく、この山のように何時までも変わることなく、お治めなさる水の激しく流れる滝の都はいくら見ても見飽きないことだ。）

反歌《はんか》

見れど飽《あ》かぬ吉野の川の常滑《とこなめ》の絶《た》ゆることなくまたかへり見む（巻1・三七）

（いくら見ても見飽きることのない吉野、その川の常滑のように何時までも絶えることなくやって来て見よう）

長歌冒頭「やすみししわが大君の」の「やすみしし」は枕詞といい、「あまねく天下を治める」意味で「大君」を称えている。この句は公式の行事（儀式）の場で詠まれる儀礼歌に固有の表現として用いられ、おごそかな雰囲気を引き出すものとなっている。この表現にはじまる①の部分は、多くのものの中から一つを選び出すという古代のものを褒《ほ》める表現形式を用いて、吉野の国は山川の清らかな所として天皇が支配する国土の中から選び出した聖地であると称え、離宮（吉野の宮）はこの理想的な地に建てられたものであるという。

続く②の部分は離宮の傍らの川で大宮人が船遊びに興じる光景だが、この天皇に奉仕する大宮人たちで賑わう光景は離宮の繁栄する様子を表現したものである。③の末尾の「見れど

吉野離宮のあった付近の吉野川の流れ。古く激流をタキ（滝）といった。この付近は深い淵となっている。

飽《あ》かぬかも」は、ものを褒《ほ》める時の慣用句《イディオム》で、ここでは山川の永遠不変に寄せて離宮を讃美している。一方、反歌は長歌の末尾③の部分を別の視点から繰り返して強調し、大宮人の奉仕の視点から離宮を称えたものである。

　こうしてみると長歌と反歌で構成された人麿の讃歌は、荘重な表現を用いて離宮を讃美したもので、儀礼歌にふさわしい格調高いものといえよう。長歌に反歌を添える讃歌は人麿が新たにつくりだしたものだが、人麿の歌は聖地の選定と離宮の造営、大宮人の奉仕のさまなど、山と川を対比して叙事的に構成したもので、表現の上からも讃歌を一新している。この人麿から始まる宮廷讃歌の様式はその後も万葉の時代を通して受け継がれている。

人麿は七世紀末から八世紀初めにかけての持統・文武朝に活躍した歌人であり、八世紀の前半には山部赤人たちと交替している。そこで次に聖武天皇が即位した翌年、神亀二年（七二五）吉野に行幸した折の赤人の代表的な讃歌を見てみよう。

山部宿禰赤人《やまべのすくねあかひと》の作れる歌

①やすみしし　わご大君の　高知《たかし》らす　吉野の宮は
②畳《たた》づく　青垣隠《あをかきごも》り　川なみの　清き河内《かふち》そ　春へは　花咲きををり　秋されば
霧立ち渡る
③その山の　いやますますに　この川の　絶ゆることなく　ももしきの　大宮人《おほみやひと》
は　常に通はむ（巻6・九二三）

（①〔やすみしし〕わが大君が立派にお造りになった吉野の宮は　②幾重にも重なる垣根のような山々に囲まれ、川の流れの清らかな河内（川に囲まれた地）にある。ここでは春には花が咲き乱れ、秋になると川面には一面に霧が立ちこめる。③その山が幾重にもなっているように幾たびも、この川の流れのように絶えることなく、〔ももしきの〕大宮人は何時までも変わることなくここに通うことであろう）

反歌《はんか》二首

み吉野の象山《きさやま》の際《ま》の木末《こぬれ》にはここだもさわく鳥の声かも（巻6・九二四）

（み吉野の象山の谷間の梢《こずえ》ではこんなに多くの鳥が鳴き騒いでいる）

ぬばたまの夜《よ》の更《ふ》けゆけば久木生《ひさきお》ふる清き川原に千鳥《ちどり》しば鳴く（巻6・九二五）

（〔ぬばたまの〕夜が更けてゆくと、久木の生い茂る清らかな川原で千鳥がしきりに鳴いている）

赤人は①で、簡潔に離宮の造営について触れ、②で離宮の様子を清らかな山と川を対比して描き、さらに山川を春（花）、秋（霧）で対比させるなど、自然の情景を重ねてここが離宮にふさわしい地であることを強調している。その上で③では山・川の様相に寄せて大宮人で賑わう離宮を称えている。

一方、第一反歌は、夜明けの山間の活気に満ちた様子を鳥たちの囀《さえず》りであらわし、第二反歌は、澄んだか細い千鳥の声を配して夜の川原の静寂を表現している。もともと反歌は長歌の末尾を繰り返すものであったが、この場合は離宮を取りまく自然を新たな視点で展開したものといえよう。

このように見てくると、赤人の歌は全体が山と川を対比する形で出来上がっていることが分かるが、さらに長歌は春と秋で一年をあらわし、反歌は朝と夕で以《もっ》て一日を描くことで、長歌と反歌との間も対比的であるなど、この歌群はきわめて緻密《ちみつ》に構成されている。

人麿から始まる宮廷讃歌の山川を対比した叙事的構成は、そのまま赤人にも受け継がれているが、赤人の歌は叙景的要素が強くなったために人麿の歌にみられる讃歌の荘重さは薄れ、代わって清新な気に満ちたものとなっているなど、その違いもはっきりしている。この違いはそれぞれの時代の気運を反映したことによるもので、共に万葉を代表する讃歌である。

このような儀礼歌の制作に携わった歌人を宮廷歌人という。彼等は宮廷の命を受けてその場にふさわしい歌を詠む専門歌人であった。だが当時彼等が宮廷歌人といわれていたわけではなく、この名称は現代になって専門歌人であることを示すために便宜的に名づけたものである。

二、行幸の様相

これまで取り上げてきた讃歌は行幸先での公式行事の場で詠まれたものだが、それがどのような場であったのか、具体的なことは分からない。行幸の折には関係者に位《くらい》や禄《ろく》（褒美《ほうび》）を与えたり、その土地の歌舞などが演じられることもあったから、あるいはその様な場であったかも知れない。実は行幸先ではこのような宮廷歌人の歌だけではなくて、その他の行幸に従った者たち（陪従《ばいじゅう》）の歌も多く見られる。しかもそれらの歌と比べると、讃歌の特徴がいっそうはっきりするので、次にそれらの歌を取り上げることになるが、その前に当時の行幸の様相を確認しておこう。

行幸先が近郊か遠方かによっても違っていたろうが、天平十五年（七四三）四月、聖武天皇の紫香楽《しがらき》行幸には五位以上の貴族二八人と六位以下の官人など二三七〇人が従っている。貴族たちの内、天皇不在中の留守官（王族や高官が任命された）や、国司として任地に滞在する者以外は特別な事情を除きお供（陪従《ばいじゅう》）に従ったであろう。だが、六位以下の官人たちを含めた二三七〇人という数はにわかには信じがたい。当然この中には護衛に当たる騎兵や、物資運搬に動員された人夫（担夫《たんぷ》・続日本紀大宝元年十月条）など、近隣諸国から徴集された者たちも含んだ数であったろう。それにしてもこの数値は多すぎる。

他にこの種の記録がないので比較しようがないが、騎兵に関しては慶雲三年九月（七〇六）、文武天皇の難波行幸の時には六六〇人、天平十二年（七四〇）十月、聖武天皇の伊勢行幸には四〇〇人、天平神護元年（七六五）閏《うるう》十月、称徳天皇の紀伊行幸時には二三二人とある。これらの数値から類推して、遠方への行幸時のお供は物資の運搬などを担う人夫を含めても通常は紫香楽《しがらき》行幸ほどの規模ではなかったろうが、それにしても千人を超える相当数の人々が動員されたとみてよさそうだ。

行幸先では当国の国司や郡司の位階を進め、禄《ろく》（褒美《ほうび》）を与えたり、高齢者にも物資を与え、当国の租《そ》・調《ちょう》（古代の税）などを減免するなどして天皇の徳を示した。一方、滞在した行宮《あんぐう》（仮宮）では「土風《くにぶり》の歌舞《かぶ》」や「風俗《ふうぞく》の雑伎《ぞうぎ》」（養老元年（七一七）九月、美濃国行幸）、「風俗の楽」（天平十二年（七四〇）二月、難波宮行幸）など、各地で行われている歌舞や種々の芸能が演じられている。

さらに、天平神護《てんぴょうじんご》元年（七六五）十月、称徳天皇の紀伊行幸の折りには望海楼で雅楽や雑伎が演じられたほか、臨時に市が開設され、天皇に従ってきた人たちと土地人との間に自由な交易が行われている。同様に神護慶雲《じんごけいうん》三年（七六九）十月にも称徳天皇は由義宮《ゆげのみや》に行幸した折り臨時に市を開設し、そこに河内の商人を呼び寄せている。この市では五位以上の貴族たちに自分の好みのものを取り引きさせ、その様子を天皇はその場に出向き見物している。

行幸先で臨時に市が開設されたことは称徳天皇の時代にしか見られないが、これはこの時代に特有のことではなく、遠方に行幸した時にはそこに市が開かれ交易が行われたとみてよいであろう。日頃閑静な所に千人以上の人々がやって来たわけだから、その地は空前の賑わいとなった。そこには天皇に奉仕するために官人に連れられて周辺諸国から歌舞や楽などの芸能を演じる者たちが来たり、普段は見かけない着飾った都の人々が行き交い華やいだ雰囲気が漂っていた。その様子を聞きつけた近隣の人々は交易がてら見物にやって来るなど、いっそう賑わったことであろう。つまり、ある日突然そこに都が出現したことになる。この行幸地は一時的な都に他ならなかった。

こうした行幸の様子は次のように詠まれている。

冬十月、難波宮《なにはのみや》に幸《いでま》しし時に、笠朝臣金村《かさのあそみかなむら》の作れる歌一首并《あは》せて短歌

（冬十月、難波宮に行幸された時に、笠朝臣金村が作った歌一首及び短歌）

おし照る　難波の国は　葦垣《あしかき》の　古《ふ》りにし里《さと》と　人皆《ひとみな》の　思ひやすみて　つれもなく　ありし間《あひだ》に　績麻《うみを》なす　長柄《ながら》の宮に　真木柱《まきばしら》　太高敷《ふとたかし》きて　食国《をすくに》を　治《をさ》めたまへば　沖つ鳥　味経《あぢふ》の原に　もののふの　八十伴《やそとも》の緒《を》は　廬《いほり》して　都なしたり　旅にはあれども（巻6・九二八）

（難波の国は葦垣に囲まれた古びた里だと人々が心にもかけなくなり、無関心でいたところ、大君は難波の長柄《ながら》の宮に立派な柱をしっかりと立て、この国をお治めなさるので、味経《あじふ》の原に諸々の官人たちは仮の小屋を造り、ここに都を作りあげた。旅先の地ではあるけれど。）

反歌《はんか》二首

荒野《あらの》らに里はあれども大君の敷《し》きます時は都となりぬ（巻6・九二九）

（荒れた野で難波の里はあるけれど、大君がおいでになる時は都となることだ。）

海人娘女《あまをとめ》棚《たな》なし小舟《をぶね》漕《こ》ぎ出《づ》らし旅の宿《やど》りに楫《かぢ》の音聞《き》こゆ（巻6・九三〇）

（海人《あま》のおとめが棚のない小舟を漕ぎ出したらしい。旅寝の宿に櫓《ろ》を漕ぐ音が聞こえる。）

聖武天皇は神亀元年（七二四）二月に即位し、翌年十月に難波宮に行幸した。この歌はその時お供した笠金村《かさのかなむら》の作である。難波宮は大阪上町台地の北端、大阪城の近くにあった。難波には大化元年（六四五）に造営が始まった孝徳天皇の難波長柄豊碕宮《なにわのながらとよさきのみや》があり、天皇の死後も存続していたが、朱鳥《あかみとり》元年（六八六）正月に火災により焼失した。その後、持統太上天皇・文武天皇・元正天皇・聖武天皇が行幸しているので、仮宮は再建されたようだが、本格的な再建に着手したのは神亀三年（七二六）十月である。

この歌は難波宮が消失後、仮に造営された宮への行幸時のものであり、消失以前の宮とは違い、聖武天皇の行幸時には周辺は「古りにし里」といわれるほどに寂《さび》れ、人々からも忘られていたようだ。この荒れた地に天皇が行幸したことでそこが都になったというのは、天皇の偉大さを讃美するもので、次のようにも詠まれている。

大君《おほきみ》は神にしませば赤駒《あかごま》の腹這《はらば》ふ田居《たゐ》を都と成《な》しつ（巻19・四二六〇）

（大君は神でいらっしゃるので、赤駒《あかごま》が腹這《はらば》う田んぼを都とした）

大君は神にしませば水鳥のすだく水沼《みぬま》を都と成しつ（巻19・四二六一）

（大君は神でいらっしゃるので、水鳥が群がる沼を都とした）

この二首は壬申《じんしん》の乱（六七二）を平定した後の歌と伝えられたもので、天武天皇の事績を神の為《な》せる業《わざ》として称えている。笠金村はこうした讃歌の伝統を踏まえて詠んでいる。難波を「古りにし里」「荒野」というのは、「赤駒《あかごま》の腹這《はらば》ふ田居《たゐ》」「水鳥のすだく水沼《みぬま》」と同様に、一見不可能と思われるところを都にしたということで、天皇の偉大さを称える表現である。やや誇張されてはいるが、それに近い状況はあったろう。

また「八十伴《やそとも》の緒《を》は廬《いほ》りして都なしたり」についても、行幸の様相から見て、ある程度の実態を反映していよう。行幸先にはお供した人々の総ての宿泊施設など完備していたわけではないので、大部分は急ごしらえの仮小屋（廬《いおり》）で夜を過ごしたろう。第一反歌は、日頃人気の少ない地に突如人が満ちあふれ、活気に満ちた様子を「都」の出現として称えている。第二反歌の、旅の宿に聞こえてくる、海人《あま》のおとめが小舟を漕ぐ音は朝の活気に満ちた海の光景だが、当時、特定の国の海人《あま》たちは「御食《みけ》」（天皇の食料）を献上することになっていたから、作者金村は海人《あま》を奉仕にやってきた者たちと見ているらしい。ちなみに近隣の「御食《みけ》つ国《くに》」は淡路であった。この讃歌も公式行事の折に披露されたものであろう。行幸地の様相をよく伝えている。

三、遊覧の歌

行幸地に滞在する間にはその周辺を遊覧している。

千沼廻《ちぬみ》より雨そ降り来る四極《しはつ》の海人《あま》網を乾《ほ》したり濡《ぬ》れもあへむかも（巻6・九九九）

（千沼の浦の辺りから雨が降ってくる。だが、四極の海人は網を干したままだ。濡れてしまわないかなあ。）

聖武天皇は天平六年（七三四）三月難波に行幸した。右はこの時に詠まれた歌の一首だが、この歌には次のような事情が記されている。

右の一首は、住吉《すみのえ》の浜を遊覧し、宮に還《かへ》ります時に、道の上《へ》にして守部王《もりべのおほきみ》、詔《みことのり》に応《こた》へて作れる歌なり。（右の一首は、住吉の浜で遊んで宮に帰られる時に、道中で守部王が天皇の仰せを受けて作った歌である）

これによると天皇は滞在中に住吉の浜を遊覧し、宮に帰る途中でお供の者たちに歌を詠むよう求めている。守部王の歌によると雨に遭い、雨宿りをしていた時に詠まれたらしい。このように行幸先で詠まれた歌について詳しく制作事情を記しているのはごく僅かで、その多くは遊覧の折りに詠まれたと類推されるものである。

次も同じ時に住吉に遊覧して詠まれたものであろう。

馬の歩《あゆ》み押《おさ》へ止《とど》めよ住吉《すみのえ》の岸の黄土《はにふ》ににほひて行かむ（巻6・一〇〇二）

（さあ、馬の歩みを押さえて止《とど》めよ。ここ住吉の岸辺にある黄土の美しい色に染まっていこう）

この歌は安倍朝臣豊継《あべのあそみとよつぐ》の作。官人たちが馬を止めて黄土を眺め、その美しい色に照らされて染まっていこうというもので、黄土の美しさに魅了された思いを詠んでいる。住吉の黄土は大宮人の間でもよく知られていたらしく、難波行幸の折りにはしばしば遊覧の場となっている。

神亀二年（七二五）十月、聖武天皇の難波行幸に従った車持千年《くるまもちのちとせ》は住吉の浜を称える長歌（巻6・九三一）に続く反歌で、ほぼ同様の思いを詠んでいる。

白波の千重《ちへ》に来寄《きよ》する住吉《すみのえ》の岸の黄土《はにふ》ににほひて行かな（巻6・九三二）

（白波が幾重にも寄せる住吉の海、その岸辺の黄土の美しい色に染まっていこう）

住吉の段丘の黄土層は大宮人たちを魅了したようだが、住吉には美しい松原もあった。

霰《あられ》打《う》つあられ松原住吉《すみのえ》の弟日娘《おとひをとめ》と見れど飽《あ》かぬかも（巻1・六五）

（〔霰打《あられう》つ〕あられ松原は住吉の弟日娘《おとひおとめ》と一緒に見ていると、いくら見ても見飽きないなあ）

これは慶雲《けいうん》三年（七〇六）九月、文武天皇の難波行幸に従った長皇子《ながのみこ》の歌である。弟日娘は住吉に遊覧の折りに接待に当たった女性らしい。くつろいだ気分で興じていることから見て宴の席で詠まれたものであろう。

行幸先の遊覧では時には天皇の求めに応じて眼前の景や景物などを即興的に詠むこともあれば、遊覧の折りに接した景に旅情を託したり、また開放的な気分に浸って興じるなど概して明るい雰囲気が漂っている。

四、望郷の歌

だが、行幸先では遊覧に明け暮れして開放感に浸《ひた》り、くつろいでいただけではない。夜ともなれば大和に残してきた妻などを偲んで感傷的になることもあった。

①葦辺《あしへ》行く鴨の羽交《はが》ひに霜降りて寒き夕《ゆふべ》は大和《やまと》し思《おも》ほゆ（巻1・六四）

（葦辺に浮き漂っている鴨の背に霜が降り、寒々とした夕べはしきりに大和が思われる）

②大和恋ひ寐《い》の寝《ね》らえぬに心なくこの洲崎《すさき》廻《み》に鶴《たづ》鳴くべしや（巻1・七一）

（大和が恋しくて眠れないのに、つれなくもこの洲崎の辺りで鶴が鳴く、こんな時には鳴くべきではないのに）

③河口《かはぐち》の野辺《のへ》に廬《いほ》りて夜の経《ふ》れば妹《いも》が手本《たもと》し思《おも》ほゆるかも（巻6・一〇二九）

（河口の野辺に仮寝をして幾夜にもなるので、手を枕に共寝した妻が恋しく思われる）

①は慶雲《けいうん》三年（七〇六）九月、文武天皇の難波行幸に従った志貴皇子《しきのみこ》の歌。葦辺の鴨の翼に霜が置く光景は、晩秋の寒々とした夕暮れの景として思い描いた心象風景である（一四九頁の古代の四季に注意されたい）。葦原の景は難波の途次に眼にしたものであろう。皇子は晩秋の夕暮れの冷え込みの中で、葦の茂みに浮き漂う鴨に旅の途上で夜を過ごすわが身を重ね

て寒々とした思いにとらわれ、故郷大和への思いを募らせている。この大和とは妻や子供と共にある平穏な日常の生活であろう。

②は①と同じ慶雲三年（七〇六）九月、あるいは七年前の文武三年（六九九）一月、難波宮に行幸した時の忍坂部乙麿《おさかべのおとまろ》の作。乙麿は下級官人であったようだ。朱鳥《あかみとり》元年（六八六）に消失した難波宮が再建されたのは神亀三年（七二六）以降であるから、この頃は仮設の宮であり、先掲の長歌に詠まれているようにお供の多くは仮小屋（廬《いおり》）を宿としていたに違いない。作者も仮小屋での旅寝で寝つかれず、大和の妻を恋しく思っていると、折から海辺で鳴く鶴の声が聞こえ、ますます切なくなる。夜の海辺の鶴も自分と同様に妻を求めて鳴いているとみた作者は、こんな折りに鳴くべきではあるまいといって、思いを募らせる鶴を恨んでいる。

③は、天平十二年（七四〇）十月、聖武天皇の伊勢行幸に従った大伴家持《おおとものやかもち》が河口の行宮《あんぐう》（仮宮）で詠んだもの。先の二首は旅先の情景を巧みに取り込んで家郷を偲んでいるが、これは旅寝を続ける寂しさの中で、故郷大和に残してきた妻との幸せな夜を思い、募る思いを鎮めようとしている。

これらは旅の夜の寂しさを耐え忍ぶために至福に満ちた家を思い起こしているもので、この旅と家との対比は典型的な旅の歌の形である。この種の歌は旅先で同宿した仲間たちを前にして詠まれたものであろう。旅先では充分な施設もなかったから、宿舎には複数の人たちが同宿したであろうし、下級官人ともなれば仮小屋に雑魚寝《ざこね》のような状態であったろう。その不自由な宿舎の生活の中で彼等は故郷大和でのくつろいだ生活を思い、旅先での辛い寂しい思いを鎮め、心の安らぎを求めようとした。任務を終えて宿舎に戻った彼等は時には誰からともなく故郷への思いを歌に託した。それは旅中の官人たちに共通の思いとして共感を得、典型的な旅の歌として詠み継がれていった。

ただ、この種の歌の背後には古代の人々の魂《たま》に寄せる思いが潜んでいる。古代では魂《たま》は特殊な状態に陥ると、人の意志とは関わりなく肉体を離れる（遊離）と考えられていた。それは激しい物思いにとらわれた時や、極度の心身衰弱の状態に陥った時に起こっている。その典型は恋に取り憑《つ》かれて激しいもの思いに陥り心を制御《せいぎょ》できない時に生じていて、平安朝ではその状態を「あくがる」といった。

また、仮死状態のような極度に衰弱した場合も魂《たま》は遊離し、そのまま戻らなければ死に至ると思われていたから、魂《たま》の遊離はきわめて危険な状態であった。旅中で激しい物思いにとらわれた時も魂《たま》が遊離する危険な状態であったから、それを避けるには心を鎮めなければならなかった。

旅の途上で激しい物思いに陥った時、心の安らぎを求めて家郷を偲ぶという、旅と家を対比した歌が詠み継がれたのも、このような古代的観念のもとに詠まれたからであろう。

古代の四季は、春（一月～三月）、夏（四月～六月）、秋（七月～九月）、冬（十月～十二月）であり、しかも現在の「月」とは一ヶ月から一ヶ月半ほどずれているので注意しよう。たとえば、九月は現在では初秋だが、古代では晩秋になる。また、例年十五夜は九月下旬の前後になるのも、旧暦によるからである。現在の暦は明治になって採用されたものである。

官人の旅と歌

コメント

旅の歌の状況を知るには出来るだけ当時の旅の様相を具体的に知る必要がある。官人の場合は比較的資料も残されているのである程度復元できるのだが、では、歌はどういう場で詠まれたのか、ということになると殆ど分からない。ここでは様々な条件を考慮して旅先の宿舎での酒食の席を想定してみたが、この点は条件を変えることで別の見方もできよう。

一、官人の旅

古代では日常生活の場を離れて外泊することを広く「旅」といった。例えば、稲刈りのために仮小屋（廬《いおり》）を造り、そこに泊まることも「旅」である。

秋田刈る旅の廬《いほり》に時雨《しぐれ》降り我が袖濡れぬ干《ほ》す人なしに（巻10・二二三五）

（稲刈りのための仮小屋に時雨が降って、私の袖は濡れてしまった。ここには乾かす人もいないのに）

この歌は収穫のために遠くの田に出向き、仮小屋で雨に濡れたまま一人で夜を過ごす寂しさを詠んだものである。万葉の時代には土地（田）は原則として国家が管理し、農民に分け与えられたが、住まいの近くに限らず時には遠く離れた場所に配分されることもあったので、収穫時期ともなると仮小屋を造って泊まり込みで農作業に当たらなければならなかった。このような旅は一時的短期的なものであったが、長期に渡るような場合は「真旅《またび》」ともいった。

旅と言《へ》ど真旅《またび》になりぬ家の妹《も》が着せし衣に垢《あか》つきにかり（巻20・四三八八）

（旅といっても長旅になってしまった。家の妻が着せてくれた衣に垢がついてしまったよ）

これは東国から九州に派遣され防備に当たった兵士、防人《さきもり》の歌である。万葉集に見られる旅の歌はこのような「真旅」の折りに詠まれたものであり、防人たちの歌もあるがその殆どは律令官人たちのものである。

官人たちが旅する機会は行幸のお供や中央（京）と地方との連絡に当たる使者など、公務が大半を占めている。当時の行政区画は、京の周辺を「畿内《きない》」（大和、山城、摂津、和泉、河内）とし、その他の国は東海道、東山道、北陸道、山陰道、山陽道、南海道、西海道のいずれかに属し、中央と地方の間は同じ名の幹線道路で結ばれていた。これらは重要度によって大路（山陽道）、中路（東海道、東山道）、小路（北陸道、山陰道、南海道、西海道）とされている。

この七道は中央から地方への伝達や地方から中央への報告、地方へ赴任する官人の往来などに使われたほか、古代の税制により地方から中央へ運搬する調《ちょう》（穀物以外の生産物）や庸《よう》（労役の代納物）など、物資の輸送路となっている。

七道には、往来する官人のために三十里（十六キロ）ごとに「駅《えき》」が置かれ、そこには「駅家《うまや》」（休憩・宿泊の施設）や官人の乗用する「駅馬《えきま》」が用意されていた。ただ、駅馬を利用できるのは「駅鈴《えきれい》」（厳重に管理されていた）を持つ者に限られ、駅鈴には乗用できる馬の数（剋数）が刻まれていた。具体的には表（一五二頁）に見られるように位階によって差がある。しかも駅使《えきし》（駅馬に乗用する使者）の行程は、緊急の場合（飛駅《ひえき》という）一日に十駅（一六〇キロ）以上、通常でも八駅（一二八キロ）、帰途は六駅（九六キロ）以下四駅（六四キロ）以上と決められている。

また、駅馬の制と並行して伝馬《でんま》の制もあった。駅馬の場合大路二十匹（頭）、中路十匹（頭）、小路五匹（頭）とされているが、伝馬は各国の郡ごとに五匹（頭）である。伝馬を利用するにも「伝符《でんぷ》」を必要とし、駅馬と同様に表のように位階によって差がある。駅馬と伝馬は使者の役目によって違っているようだ。例えば、駅馬の利用は中央から地方への重要事項の伝達や、朝廷から特定の神社に派遣される幣帛使《へいはくし》、また、政務報告のために上京する諸国の朝《ちょう》集使《しゅうし》（勤務評定を中央に報告する使い）、正税帳使《しょうぜいちょうし》（収支決算を中央に報告する使い）、大帳《だいちょう》使《し》（調、庸を徴集するための台帳（計帳）を中央に報告する使い）などである。だが、養老六年（七二二）八月以降は畿内、伊賀、近江、丹波、紀伊を除く国の総ての国司は駅馬の利用が許されている（養老六年八月二十九日格《きゃく》）。もちろん謀反など大事件の伝達は飛駅使という急使が遣わされている。

伝馬の利用についてははっきりとしたこ

位階	駅鈴	伝符
親王・一位	十剋	三十剋
三位以上	八剋	二十剋
四位	六剋	十二剋
五位	五剋	十剋
八位以上	三剋	四剋
初位以下	二剋	三剋

（公式令による）

とは分からないが、国司の赴任等緊急を要しない場合に利用されたらしい。その場合の一日の行程についても明らかでないが、「公式令《くうじきりょう》」には標準行程として馬ならば一日に七十里（三七・三キロ）、歩《かち》なら五十里（二六・六キロ）、車なら三十里（一六キロ）とあるので、これによったのだろう。

また、「廐牧令《きゅうもくりょう》」によると、駅馬、伝馬は一区間ごとに乗り継がれたが、その際駅使は三駅ごとに、駅の間が遠い場合は駅ごとに食料などが振る舞われた。一方、伝馬は郡家《ぐうけ》（郡の役所）に置かれていたので伝使は郡家ごとに馬を替えたが、その際飲食物も支給されている。駅使に比べて伝使の旅程にゆとりがあるのは国司の場合任地で必要なものなどを携えたからであろうか。ちなみに『延喜式《えんぎしき》』（律令の施行細則）には京（平安京）に調《ちょう》を運ぶ運脚《うんきゃく》（人夫）の行程が示されているが、武蔵国の場合を見ると、上り二十九日、下り十五日である。仮に東京、京都間を五五〇キロとして算定すると、運脚の一日の歩行距離は上り二〇キロ、下り四〇キロ程度である。運脚の行程から見ても伝使の場合、馬で一日に四十里（三七キロ）というのはゆとりがある。

以上は公務の旅の概略だが、私用の旅の場合「私行人《わたくしのぎょうじん》」といわれ、五位以上の官人は希望すれば駅に宿泊することができた。また、初位以上の官人や勲位を有する者も近くに里がない場合は駅の利用が許されている。私用の旅は親族の喪のために故郷に帰るとか、休暇が考えられる。長上官《ちょうじょうかん》（常勤の官人）の中で父母が幾外に住む者には三年に一回三十日の休暇が与えられた。

さらに氏神の祭りに参加するために旅をすることもあった。例えば、近江国滋賀郡の小野神社には小野氏の氏神が祀られていて、春秋の祭りには各地から一族が集まったらしく、平安朝になると五位以上の者に官符《かんぷ》（太政官符：通行証）なしに往来が許されている（承和元年〈八三四〉二月二十日、同四年二月十日）。五位以上と限定されているのは、当時高位の者が畿内を出る時には許可を必要としたからで、その他は休暇を取って出掛けたのだろう。

小野神の祭りとは別に、写経生の美努石成《みののいわなり》は氏神の祭りのために五日間の休暇を申請している し（宝亀《ほうき》三年〈七七二〉十月二十八日付けの請暇解《せいかげ》）、同様にある写経生（氏名不詳）も鴨大神また氏神の祭りのために二日間の休暇を願い出ている（年次未詳の請暇解）。

官人の旅する機会は公務と私用とがあったが、いずれにしてもこのような旅の中で歌は詠まれている。以下、それらの歌がどのような時と場で詠まれたかについて出来るだけ具体的に見ていこう。

二、官人の旅の歌

当時の旅は、まず旅立ちに当たって送別の宴が開かれ、道中では各地の駅家《うまや》や郡家《ぐうけ》などの宿泊・休憩施設で持て成しを受け、目的地に着くとそこでも宴が催されている。帰途につく際には送別の宴、無事戻った折りにも宴が行われた。もちろん旅中は危険に晒《さら》されることもあったから、親族は無事戻るまで神に祈り、旅を続ける本人も峠などの境にさしかかると神に幣《ぬさ》を捧げて無事を祈りながら旅を続けた。

官人たちの旅は以上のようなものであったが、出立から無事に帰ってくるまでの間には多くの歌が詠まれている。以下それらの歌を取り上げ、官人たちの旅を可能な限り再現してみよう。

［送別の歌］

旅立ちに当たっては宴が開かれ、別れを惜しみ、旅の無事を祈って歌が交わされた。

大神大夫《おほみわのまへつきみ》の長門守《ながとのかみ》に任《ま》けらえし時に、三輪川《みわがは》の辺《ほと》りに集《つど》ひて宴《うたげ》せる歌二首

（大神大夫が長門守に任命された時に、三輪川の辺りに集って宴をした歌二首）

みもろの神の帯《お》ばせる泊瀬川《はつせがは》水脈《みを》し絶えずは我《あ》れ忘れめや（巻9・一七七〇）

（三輪の神が帯とされている泊瀬川、この流れが絶えない限り、私があなたを忘れることがあろうか）

後《おく》れ居《ゐ》て我《あ》れはや恋ひむ春霞たなびく山を君が越え去《い》なば（巻9・一七七一）
（後に残って、私は恋しく思うだろうなあ、春霞のたなびく山をあなたが越えて行ったならば）

大神大夫とは大神高市麿《おおみわのたけちまろ》であり、大宝二年（七〇二）正月十七日に長門守に任命されている。大神氏は三輪山の神である大物主神《おおものぬしのかみ》を祖先とする一族で、三輪山の麓を本拠地とし、祭祀を司《つかさど》っていた。高市麿は壬申の乱の功臣として一族を代表する人物だから、三輪川（泊瀬川）の辺りで行われた宴に集まったのは一族の主だった人々であったろう。旅立ちに際して別れを惜しんで詠み交わした典型的な送別の歌である。時に高

三輪氏が神として祀る三輪山（奈良県桜井市）。

市麿は従四位上であったから、当時の規定から類推すると伝馬に乗り十余名の従者を伴って任地に向かったようだ。

次は越中守に任命された大伴家持《おおとものやかもち》が任地に赴く時に大伴坂上郎女《さかのうえのいらつめ》が贈った歌である。

草枕旅行く君を幸《さき》くあれと斎瓮《いはひべ》据ゑつ我《あ》が床《とこ》の辺《へ》に（巻17・三九二七）

（草枕の旅に出て行くあなたを無事であるようにと祈って、斎瓮を据えました。私の床の辺に）

斎瓮《いわいべ》は神酒を盛る神聖な瓮《かめ》で祭祀を司る女性が神に願い事をする時に床の辺に据え、無事帰り着くまで続けられた。坂上郎女は家持の叔母でありその娘（坂上大嬢《さかのうえのおおいらつめ》）は家持の妻であったから、彼女は家持にとって義母でもあった。当時親族が斎瓮を据えて旅中の無事を祈るのはごく普通に行われていたことで、ここでもその習俗にもとづいてひたすら娘婿の無事を祈っている。

次も家持の旅立ちの折りのものである。

七月五日に治部少輔《ぢぶのさうふ》大原今城真人《おほはらのいまきまひと》の宅《いへ》にして、因幡守《いなばのかみ》大伴宿祢家持《おほとものすくねやかもち》に餞《うまのはなむけ》せる宴《うたげ》の歌

一首

（七月五日に治部少輔大原今城真人の家で、因幡守大伴宿祢家持のために送別の宴を催した歌一首）

秋風の末《すゑ》吹き靡く萩の花ともにかざさず相《あひ》か別れむ（巻20・四五一五）

（秋風が葉末に吹いて靡く萩の花、この花を共に髪に挿して楽しむこともないまま、互いに別れるのだろうか）

家持は天平宝字二年（七五八）六月十六日に因幡守に任命されている。この頃家持は親しい仲間と歌を詠み交わしているが、大原今城もその一人であった。七月五日は現在（太陽暦）では八月中旬に当たり、間もなく萩も開花するが、その時期を待たずに京を出立しなければならなかった。この歌には心の通う仲間との別れを惜しむ気持ちが滲《にじ》み出ている。

地方への赴任の折りには準備期間として、近国は二十日、中国は三十日、遠国は四十日の休暇が与えられた（仮寧令《けにょうりょう》）。因幡は近国だから、家持はこの宴を終えて間もなく旅だったのだろう。

以上、これらは親族、一族、親しい仲間などとの別れの宴の歌であるが、その他にも遣唐使や遣新羅使の場合も同様に様々な送別の宴が開かれ、その席上で多くの歌が交わされている。特に遣唐使など海外への旅は死と隣り合わせの危険な旅であったので、その別れは悲痛なものであったろう。

このように送別の宴で歌を詠み交わすのは旅立ちの習俗であったわけだが、それが広く行われるようになるのは七世紀末の持統朝以降である。

[望郷の歌]

官人たちは旅の途上で折に触れ故郷を偲び、その思いを歌に託している。

射水郡《いみづのこほり》の驛館《うまや》の屋の柱に題著《しる》せる歌一首

（射水郡の駅館の建物の柱に書いた歌一首）

朝開《あさびら》き入江《いりえ》漕《こ》ぐなる梶《かぢ》の音のつばらつばらに我家《わぎへ》し思《おも》ほゆ（巻20・四〇六五）

（早朝船出して、入り江を漕いでいる梶の音がしきりに聞こえるように、しきりに故郷のわが家が思われる。）

右の一首は、山上臣《やまのうえのおみ》の作。名を審《つばひ》らかにせず。或《ある》は云《い》はく、憶良大夫《おくらのまへつきみ》の男《をのこ》といへり。ただし、その正しき名はいまだ詳《つばひ》らかならず。

（右の一首は、山上臣の作。名は不明。或は憶良大夫の子息という。ただし、その実名はまだ分からない。）

この歌は越中国（富山）射水郡の「駅館《うまや》」（新湊市六渡寺《ろくどうじ》付近）の柱に書かれていたものである。作者とされる「山上臣」は「駅館」（駅家）に宿泊しているようだから使者であったろう。駅使には一日に稲三把～四把、酒八合～一升、従者には稲三把が与えられた。おそらくこの歌は駅家《うまや》での酒食の席で詠まれたもので、柱に書き付けたのは誰とも分からないが、後にここに来た官人の誰かがこの歌を伝え聞いて望郷心を抱き、すさびに書き記したものであろうか。ちなみに作者「山上臣」は別に山上憶良の子息と伝えられている。事実はともあれ、駅家で詠まれた歌とはっきり分かる唯一の例である。

旅の歌の多くは何時何処で詠まれたかはっきりしないが、その多くは駅家で詠まれたとみてよい。

山科《やましな》の石田《いはた》の社《もり》に幣《ぬさ》置かばけだし我妹《わぎも》に直《ただ》に逢《あ》はむかも（巻9・一七三一）

（山科の石田の社に幣を供えたら、ひょっとして我が妻に直《じか》に会えるだろうか）

作者は「宇合卿《うまかひのまへつきみ》」となっているが、通常は「藤原卿」とあるはず。石田の社は「石田の

社の　すめ神に　幣帛《ぬさ》取り向けて　われは越え行く　相坂山《あふさかやま》を（巻13・三二三六）」（石田の社に幣《ぬさ》を供えて私は越えてゆく相坂山を）とも詠まれているように、大和から近江に向かう道にあって、旅の無事を祈る場所であった。

旅の途上で家に残してきた妻を偲ぶというのは旅の歌によく見られるが、この歌はその伝統に沿いながら戯れたものである。旅の無事を祈る場所として知られている石田の社を持ち出して、もし幣《ぬさ》を供えたらと仮定し、その結果として神の加護によりあるいは妻に逢えるかもしれないというのだから、真剣なものではなく宴の席などでの軽い戯れであろう。

石田の社に関しては次のような歌もある。「山背《やましろ》の石田《いはた》の社《もり》に心おそく手向《たむ》けしたれや妹《いも》に逢ひ難《がた》き（巻12・二八五六）」。「心おそく」とは心が籠もっていないことをいう。石田の社の神になおざりに手向け（幣《ぬさ》を奉る）したからか、妹（思う人）に逢い難いとの意であるが、当時石田の社の神に祈ると妹（思う人）に逢えるといった俗信のようなものがあって、藤原宇合もそれを知っていて興じたようだ。旅の歌は深刻なものばかりではなかった。

藤原宇合は神亀元年（七二四）四月に征夷持節大将軍《せいいじせつだいしょうぐん》に任命され蝦夷《えみし》の征討に出ているが、その帰途近江の国に到着した宇合のもとに朝廷は使者（内舎人《うどねり》）を遣わして慰労している（十一月十五日）。宇合の歌はこの時の宴で詠まれたものか、あるいは宇合が帰京したのは十一月二十九日であったから石田の社付近の宴の折りかもしれない。

次は東海道を旅した官人の歌である。

足柄《あしがら》の箱根飛び越え行く鶴《たづ》の羨《とも》しき見れば大和し思《おも》ほゆ（巻7・一一七五）

（足柄の箱根の山を越えてゆく鶴、その羨ましい様子を見るとしきりに大和が恋しく思われる）

作者は山を越え、川を渡ってはるばる東国に辿《たど》り着いたらしい。駅家に落ち着いたその夜、足柄付近で見かけた、故郷大和に向かって箱根の山を飛び越えてゆく鶴の群を羨ましく思い、望郷の思いをかき立てられて詠んだのであろう。これは往路の途上で詠まれたようだが、復路の歌もある。

①天離《あまざか》る鄙《ひな》の長道《ながぢ》ゆ恋ひ来《く》れば明石の門《と》より大和島見ゆ（巻3・二五五）

（都から遠く離れた田舎の長い道のりを、都を恋しく思いながらやって来ると、明石海峡から大和の山々が見えてきた）

②淡路島門渡《あはぢしまとわた》る船の梶間《かぢま》にも我れは忘れず家《いへ》をしぞ思ふ（巻17・三八九四）

（明石海峡を通過する舟がせわしく櫓を漕ぐ間の、ほんの僅かな間も私は忘れること

なく家のことを思っている）

③大海の奥かも知らず行《ゆ》く我れを何時《いつ》来まさむと問《と》ひし子《こ》らはも（巻17・三八九七）

（大海の奥のように果てしなく遠くへ旅立つ私なのに、何時お帰りになるのかと尋ねたあの娘《こ》よ）

①は柿本人麿の「羈旅歌《たびのうた》」の一首だが、具体的なことは分からない。大和と筑紫（九州）を結ぶのは山陽道（大路）であるが、この間はむしろ瀬戸内海を船で行き来している。明石海峡は畿内の西の境である。大化二年（六四六）の改新の詔では、畿内の境として東は名張の横河、南は紀伊の兄山《せのやま》、西は赤石《あかし》の櫛淵《くしふち》、北は近江の狭狭波《ささなみ》

明石の門（明石海峡）対岸は淡路島。この辺りからは大和の山並みが望見できる。畿内の西の境。

の合坂山《おおさかやま》としている。この範囲は大和、摂津、河内、山城（後に和泉も）の国々であり、京周辺の特別行政区画であった。畿内は支配階級である高官を多く排出した中央の諸氏族の居住区域である。また京官（内官）といわれる中央官庁の官人の殆どは、この畿内出身者で占められていた。いわば畿内は京官たちの自由に移動できる世界であり、自分たちの生活圏として意識されていた。

こうしてみると、①は緊張した船旅を続けた果てに漸く畿内の境である明石海峡にさしかかり、故郷大和の山々を遠望したもので、慣れ親しんだ世界に帰ってきたという安堵《あんど》の思いと懐かしさなどの情を含んだ典型的な旅の歌の一つである。

②は大宰帥《だざいのそち》（太宰府の長官）であった大伴旅人の従者（傔従《けんじゅう》）が、主人旅人の帰京に先立って別途海路上京した時の歌である。おそらく主人の帰京の準備のために一足早く上京したのだろう。明石海峡は潮の流れが速く危険なため、せわしく櫓を漕ぐこともあったようだ。その情景を引き合いに出して、絶え間なく家郷を思慕するというのだが、この場合も畿内の境で詠まれているのは、馴染《なじ》みのある生活文化圏に入った安堵《あんど》もあって、家郷への思いが一層募《つの》ったからであろう。

③も②と同様に旅人の従者（傔従《けんじゅう》）の歌で、海路の終点である難波の津（港）に近づいた頃、無事に戻った安堵感《あんどかん》から大和での旅立ちの情景を振り返って詠んでいる。ここには大和を出

立した折り、果てしなく遠くへ旅立つ私の不安をよそに、何時帰ってくるのかと尋ねた恋人、その娘とも間もなく再会できる喜びが溢《あふ》れている。当然のことだが家郷への思いは往路と違い復路の歌には帰京の喜びや安堵の思いが底流している。

これらは旅と家とを対比した形の歌で旅の歌の類型となっているが、旅の歌には旅の途上の不安や苦しさ、寂しさなど、不安定な心の状態そのものを詠んだ歌も多く見られる。次にそれらの歌を取り上げてみよう。

【旅中の不安・辛苦】

夏四月、大伴《おほとも》坂上郎女《さかのうへのいらつめ》の賀茂神社《かものやしろ》を拝《をろが》み奉《まつ》りし時に、便《すなは》ち相坂山《あふさかやま》を越え、近江《あふみ》の海を望み見て晩頭《ゆふぐれ》に還《かへ》り来《きた》りて作れる歌一首

（夏四月、大伴坂上郎女が賀茂神社を参拝した時に、寄り道して相坂山を越え、近江の海を遠くから眺め、夕方帰ってきて作った歌一首）

木綿《ゆふ》畳《たたみ》手向《たむ》けの山を今日越えていづれの野辺に廬《いほ》りせむ我《わ》れ（巻6・一〇一七）

（〈木綿畳〉手向けする山を今日越えて、何処の野辺に仮小屋を作って一夜を明かすのであろうか、我々一行は）

「木綿畳」は枕詞。「木綿」は楮《こうぞ》の皮を晒して繊維とし、それを細かく裂いたもので神事に使われた。木綿を畳んで幣《ぬさ》としてお供えし、旅の安全を祈ることから枕詞となっている。その祈願をする場所を「手向け」といい、ここでは山城と近江の境にある逢坂山《おうさかやま》をいう。四月に行われた賀茂神社の祭りには各地から多くの人々が集まったらしい。その折りには騎射《きしゃ》(馬に乗り弓を射る行事)も行われたが、しばしば禁止されている。

坂上郎女が賀茂神社に参拝したのは四月の祭りの時だったろう。その帰りに寄り道して逢坂山を越えて近江の海(琵琶湖)を望見し、夕暮れに宿泊地に辿り着いたということだが、歌には一行が宿泊地に到着できず途中で夕暮れになり、野での仮寝を余儀《よぎ》なくされた時の不安が詠まれている。そこで題詞の説明と歌の内容にずれがあるといわれているが、そうではあるまい。

賀茂神社に詣でた一行は、帰途山科《やましな》に出て逢坂山《おうさかやま》を越えて琵琶湖を望見した後、引き返して再び逢坂山を越えて山科に戻ったが、ここからは元に戻らないで木幡《こはた》・宇治を通って京に向かう道を辿《たど》り途中の駅家《うまや》に宿泊したようだ。駅家は主に公務で旅する官人に利用されたが貴族の場合は希望すれば利用できた。

おそらく坂上郎女の一行は琵琶湖を望見して引き返す途中、山科辺りで夕暮れ近くになったのだろう。彼女はすでに太宰府を往復していて長旅の経験はしているが、それでも夕闇迫る山科の野辺で行き暮れそうになった時の不安は強く心に残ったようだ。やがて無事駅家《うまや》に辿り着いた彼女は同行した者たちとのくつろぎの場でその時の思いを詠み、改めて不安から解放され安堵したに違いない。

次もほぼ同様の思いを詠んだものである。

いづくにか我《われ》は宿《やど》らむ高島《たかしま》の勝野《かつの》の原にこの日暮《くれ》れなば（巻3・二七五）

（いったいどの辺りに泊まろうか。高島の勝野の原で行き暮れてしまったら）

高市連黒人《たけちのむらじくろひと》の「羈旅歌《たびのうた》」であるが、詳しいことは分からない。「高島の勝野の原」は琵琶湖の西岸の地で、大和と北陸を結ぶ幹線道路（北陸道）が通っていた。琵琶湖の西岸は西側に連なる比叡や比良の山裾が湖岸にまで迫っていて、なだらかな傾斜地が続くが、やがて滋賀郡と高島郡の境界辺りから山並みがそのまま湖に落ち込んでいて隘路《あいろ》となっている。ここを通り抜けると突如として広々とした安曇川《あどがわ》のデルタ地帯が開けてくるが、この辺りが勝野の原である。

黒人は日没も近くなったので宿泊地へと急いでいると、突然茫洋《ぼうよう》とした勝野の原に出たが、この果てしなく続く原の何処にも宿舎らしいものは見あたらない。そこで当惑した黒人はこのような所で日が暮れたらどうすればよいのか途方に暮れたということで、この歌はこの旅中の不安を詠んだものである。だが、この歌は勝野の原で詠まれたわけではなく、無事宿舎に辿り着いて不安から解放された時に詠まれたものであろう。

おそらく黒人は公務（駅使か伝使）で北に向かう旅の途上であった。当時勝野の原の北には三尾《みお》の駅家《うまや》があった。現在その所在地は明らかでないが、安曇川町には三尾里という地名も残っているからこの辺りとすると、勝野の原からは数キロほどの距離であり馬ならさほどの時間はかからない。

また、駅使や伝使は従者を伴っていたので当然黒人も従者を連れていたはずである。従者の数は位階によって違うが、黒人は中級官人だったようなので数名程度であったろう。当時の中級官人の記録を見ると次のようになっている。

駅使の場合、天平九年（七三七）の但馬国正税帳《しょうぜいちょう》（収支決算報告書）に

丹後国史生《たんごのくにのししょう》、正八位上檜前村主稲麻呂《ひのくまのすぐりいなまろ》は従者二人、合計三人

丹波国《たんばのくに》史生、大初位上大石村主廣道《おおいしのすぐりひろみち》は従者一人、合計二人

として、米、酒の支出が記録されている。同様に伝使についても天平十年（七三八）の周防国《すおうのくに》正税帳に

肥後国《ひごのくに》史生、大初位上山田史方見《やまたのふひとかたみ》は従者二人、合計三人

薩摩国《さつまのくに》史生、正八位上山田連綿麻呂《やまたのむらじわたまろ》は従者三人、合計四人

とあり、稲、酒、塩が支出されている。

黒人の位階は分からないが、これらに準じて推定すると二〜三名から三〜四名の従者を連れていたとみられる。駅家では酒食が振る舞われているから、黒人の歌は同伴した者や同宿の人々、また接待に当たった者など、その場に居合わせた者たちの前で詠まれたと考えられる。このように旅の不安から一時的に解放された場で歌は披露されている。それは旅中の不安と緊張を振り返ることで、無事に辿り着いたという思いを新たにすることができたからであろう。というのは勝野の原で行き暮れそうになった時の思いをその場で詠み、書き留めたというようなことは考えられないし、旅を終えた後に詠んだというのも不自然である。むしろこの歌を聞いて共感した者が口伝えに伝えていたものが、後に書き留められた可能性の方が高い。事実黒人の歌には越中で長く伝えられていたものがある。

婦負《めひ》の野のすすき押しなべ降る雪に宿借《やどか》る今日し悲しく思《おも》ほゆ（巻17・四〇一六）

（婦負の野のすすきを押し靡かせて激しく降る雪、この雪の中で一夜の宿を借りる今日は悲しく思われる）

この歌は三国真人五百国《みくにのまひといおくに》が伝えていたものを、天平十九年（七四七）の末か翌年正月の間に大伴家持が書き留めたものである。三国真人五百国も誰かから伝え聞いたわけだから、この歌はほぼ四十年もの間人々の間で口伝えに伝えられていたことになる。勝野の原の歌はこれ程ではないにしても同様の経過をたどって万葉集に収録されたものだろう。

旅の途上で夕暮れが迫った時の不安は旅する官人に共有の思いとして歌い継がれていたらしく、次も同様の思いを詠んでいる。

しなが鳥猪名野《ゐなの》を来《く》れば有馬山《ありまやま》夕霧立ちぬ宿《やど》りはなくて（巻7・一一四〇）

（〔しなが鳥〕猪名野をはるばるやって来ると、有馬山に夕霧が立ちこめてきた。泊まる所とてなく）

猪名野は兵庫県伊丹市を中心とした猪名川の平野部であろう。山陽道を西に向かって旅しているようだが、最も近い芦屋《あしや》の駅家まではまだ十キロ以上もある。それだけに夕暮れ迫る中を旅する不安は大きい。加えて有馬山に立ち込めた夕霧は天候の変化の予兆として、一層不安をかき立てている。この歌も無事駅家に着いたその夜に詠まれたものであろう。

さらに旅中の不安や辛苦は次のようにも詠まれている。

苦しくも降り来《く》る雨か神《みわ》の崎《さき》狭野《さの》の渡《わた》りに家《いえ》もあらなくに（巻3・二六五）

（耐え難いほどに降ってくる雨であることか、神の崎の狭野の渡し場には雨を避ける家とて無いのに）

これは長忌寸意吉麿《ながのいみきおきまろ》の歌である。意吉麿は文武朝（八世紀初）に仕えた中級官人であったらしく、紀伊国や三河国、また難波宮への行幸に従っている。この歌も意吉麿が公務で旅をした折りに詠んだものらしい。「神の崎」は和歌山県新宮市に想定されているが、公務の旅であれば国府への道筋に想定されるので、新宮市ではそぐわない。

美和《みわ》（三和）という郷名は各地に見られ、東海道の道筋にも三河国八名郡美和郷（豊橋市石巻町）、駿河国安倍郡美和郷（静岡市：西ヶ谷、与左衛門新田、油谷辺り）などとあることから見ても、他の幹線道路沿いにも美和郷は想定できる。「ミワの崎」のミワは地名だからミワ郷内の岬に付けられた地名であろう。このように見てくると差し当たって何処と特定することはできない。

「狭野の渡り」についても具体的には何一つ分からないが、「渡り」については、「対馬の渡り」（巻1・六二）のように航路もいうが、通常は「宇治の渡り」（宇治川）（巻11・二四二八）「難波の渡り」（淀川）（巻2・九〇左注）、「許我《こが》の渡り」（利根川か）（巻14・三五五五）、「武庫《むこ》の渡り」（武庫川）（巻17・三八九五）など、川の渡し場を意味するから、この場合も同様であろう。次の歌にはその渡りの様子がよく出ている。

宇治川を舟渡せをと呼《よ》ばへども聞こえざるらし楫《かじ》の音もせず（巻7・一一三八）
（宇治川で舟を渡せと何度も呼ぶのだが、聞こえないらしい、梶の音もしない）

宇治は平城京から北上する主要な道にあり、京に近いから往来する者も稀ではなかったろうが、その渡し場とても常時舟が待機していたわけではなく、声を掛けると渡し守がやってきて舟を出す程度であった。ましてや「狭野の渡り」は京から遠く離れていたようだから、渡し守も稀なこの渡し場には渡し守は頼まれた時にだけやって来たのだろう。
意吉麿の歌には、雨に濡れながら何時来るとも分からない渡し守を待ちわびる時の、切ない思いがよく出ている。

神《みわ》の崎荒磯《さきありそ》も見えず波立ちぬ何処《いづく》ゆ行かむ避《よ》き道《ぢ》はなしに（巻7・一二二六）
（神の崎の荒磯も見えないほどに波立ってきた。何処を通っていこうか、ここには避けて通る道はないのに）

この「神の崎」も先のと同一の地かどうかも分からないが、いずれにしても荒波が押し寄せる危険な荒磯を前にして、為すすべもなく佇《たたず》む旅人の思いをよく伝えている。具体的なことは何一つ分からないので、これ以上のことはいえないが、これらの歌も苦難の末に漸《よう》く辿《たど》り着いた宿で詠まれたものと思われる。

また、旅中の不安は次のようにも詠まれている。

家にてもたゆたふ命《いのち》波の上に思ひし居《を》れば奥《おく》か知らずも（巻17・三八九六）
（家にいても定めない命なのに、波に揺られて不安に思っていると、その定めなさは計り知れないことよ）

これは天平二年（七三〇）大宰帥《だざいのそち》（太宰府の長官）であった大伴旅人《おおとものたびと》が大納言に任命されて帰京する時、旅人とは別に船で帰京した従者（傔従《けんじゅう》）の歌である。

旅の歌はしばしば「家」と「旅」とを対比して詠まれる。その場合の「家」とは平穏で心安らぐ場として詠まれているが、ここではその家においても命《いのち》は何時どうなるか分からない、定めないものという。ましてや危険な船旅にあって波に揺られて不安な思いでいると、命の定めなさは極まりないとして、船旅の間ずっと不安に晒《さら》され続けた思いを余すことなく表現している。この歌には「浮きてし居れば」との別伝があり、これが本来のものであったとする見方もあるが、そうであってもこの歌の意味する所は変わらない。
万葉集の配列から見て、この歌は難波に到着して船旅の不安から解放された後に詠まれたものだろう。

【旅情の景】

旅する官人は思わぬ事態に出会い、不安におののくこともあったが、絶えず緊張を強いられていたわけではなく、時には異郷の風土に接してくつろぐこともあった。

聞きしごとまこと貴《たふと》く奇《くす》しくも神《かむ》さびをるかこれの水島《みづしま》（巻3・二四五）

薩摩の瀬戸（黒の瀬戸）。潮流が早く、渦巻く海峡。（鹿児島県阿久根市）

（かねて聞いていたように、本当に貴く霊妙で、神々しいことよ、この水島は）

これは長田王《ながたのおおきみ》が筑紫に派遣されて水島に渡った時の歌である。「水島」については、景行《けいこう》天皇十八年四月の条にその由来が語られている。天皇が肥後国芦北の小島に泊まり、食事の折り冷水を求めたが、島には水がなかったので天神地祇《てんしんちぎ》（天の神、地の神）に祈ったところ崖から水が出てきた。以後ここを水島と名付けたというもの（日本書紀）。

長田王が筑紫に派遣された時期も理由も明らかでなく、また長田王を名告る人物も奈良時代には二人いる。ただ、歌の配列からすると奈良時代以前の作と推定されるので、和銅四年（七一一）に従五位上から正五位下になった人物であろう。この長田王は奈良朝（七一〇〜）以前にすでに従五位という貴族の位を得ていたことになる。

長田王は筑紫に派遣された折り、かねて話しに聞いていた水島を訪れたのだが、現地では京からやって来た賓客を手厚く持て成したにちがいない。おそらく水島へは肥後国の国司（国庁の役人）や郡司（郡の役人）が同行し、宴席に同席したろう。この歌はこれらの人々を前にして詠まれたものとみられる。歌を聞いた国司たちは長田王が水島を見て感じ入ったことを知って安堵《あんど》し、当地の官人（郡司）たちは京まで知れ渡った神々しい島として誇りに思ったはずだ。

通常、旅の途上で土地を褒《ほ》めることは、土地の神の加護を得て旅の安全を確保するためといわれているが、ここではすでに名所として詠まれている。

長田王はこの旅でもう一つの名所を望見して詠んでいる。

隼人《はやひと》の薩摩《さつま》の瀬戸《せと》を雲居《くもゐ》なす遠くも我れは今日見つるかも（巻3・二四八）

（隼人の国、薩摩の瀬戸を雲のように遠い彼方ではあるが、私は今日見たことだ）

「薩摩の瀬戸」（鹿児島県阿久根市）は潮流が激しく渦も見られる奇勝地と聞いたが、何らかの事情があってそこには行けず望見したのであろうか。これも当地での宴席で詠まれたものにちがいない。

昼見れど飽《あ》かぬ田子《たご》の浦大君《おほきみ》の命《みこと》畏《かしこ》み夜《よる》見つるかも（巻3・二九七）

（昼間見ても飽きることのない田子の浦を、大君のご命令が畏れおおいので夜見たことだ）

これは和銅元年（七〇八）三月、上野国《かみつけのくに》の守《かみ》（長官）に任じられた田口益人《たぐちのますひと》が赴任の途上で詠んだもの。時に従五位上の高官であった。上野国は東山道の国で往還は東山道を利用することになっていたが、何らかの事情があって東海道を利用している。この頃田子の浦はすでに景勝の地として知られていたようだ。現在の田子の浦は名前を残すばかりだが、西側の蒲原辺りから見ると、当時は湾曲した浦には小さな島が点在し、その背後に富士が聳え立つ、文字通り風光明媚な地であったろう。

田口益人は駅馬か伝馬に乗って田子の浦に着いた時にはすでに夜になっていた。この夜は蒲原《かんばら》の駅家《うまや》かその近くの郡家《ぐうけ》に泊まり、翌日は早朝に出立しなければならなかったようだ。「大君の命畏み夜見つるかも」には、景勝の地と聞いていた田子の浦に遙々辿り着いたにもかかわらず、役目がらゆっくり楽しむ暇もないことを惜しむ気持ちがよく出ている。

七世紀末（六九四）に造られた藤原京は中国の都を基にしたわが国最初の大規模な都市であった。この七世紀末の天武朝から持統朝にかけて、律令体制を推進するために朝廷の規模が拡大されるのと並行して官人たちも増員された。それ以前の小規模な都では対応できなくなったからである。朝廷の機構を整え、規模を拡大したのは、朝廷の命令を直接全国に及ぼし、中央集権国家を確立しようとしたからであったが、その為官人たちが国司として各地に赴任するとともに、中央と地方の連絡に当たる多くの官人たちが行き交うようになった。その結果地方の情報も多く中央に伝えられるようになる。こうした新しい動向の中で名所への関心も深まったのであろう。

また中国の文化に学び、新しい感性を身につけた官人たちは旅を契機に異質な風土と出会い、新たな眼で景を見つめ直している。ただ周囲を山に囲まれた大和の官人たちは、日頃接することの少ない海辺の風土に多くの関心を寄せている。次もその一つである。

海人小舟帆《あまをぶねほ》かも張れると見るまでに鞆《とも》の浦廻《うらみ》に波立てり見ゆ（巻7・一一八二）

（海人の小舟が帆を張っているのかと思われるほどに、鞆の浦の辺りに高い波が立っているのが見える）

「鞆の浦」は広島県福山市南端の寄港地である。作者たちは強風や荒波のためこの港で待機していた折り、眼にした光景を詠んだのだろう。浦は入り江になっていて比較的波静かなので寄港する場所となっているが、この浦に小舟が帆を揚げたかと見紛《みまが》うほどの波が打ち寄せるというのだから、それは荒々しい高波であろう。辺りを轟かせて打ち寄せる波、この躍動感ある波の景に引き寄せられたようだ。この心に深く刻まれた景は夜の宴席で詠まれたにちがいない。

次も旅中に見いだした海辺の景を詠んだものである。

紀《き》の国の雑賀《さひか》の浦に出《い》で見れば海人《あま》の灯火《ともしび》波の間《ま》ゆ見ゆ（巻7・一一九四）
（紀伊国の雑賀の浦に出で見ると、海人の灯火（漁り火）が波の間から見える）

「雑賀の浦」は和歌山市南部、和歌の浦の西北の海岸で、近くに聖武天皇の離宮があった。「藤原卿の作」とあるだけだが、藤原不比等《ふひと》の四兄弟のいずれかであることは間違いなく、通常は房前《ふささき》かといわれている。作歌の年月も分からないが聖武天皇の紀伊行幸に従った折りに詠まれたものらしい。月明かりを頼りに雑賀の浦に出掛けた作者は、月光に照らし出された波間越しにちらつく漁り火を見て、その神秘的、幻想的な光景に引き寄せられたようだ。「―見れば〜見ゆ」という形は国見歌といわれる国土を讃える歌に見られるもので、景を詠む伝統的な歌いぶりだが、ここではその形を用いて美的な景を描いている。こうした景は新しい感性を身につけた官人たちによって見出されたものであり、次も同様である。

落ち激《たぎ》ち流るる水の岩に触《ふ》れ淀《よど》める淀に月の影見ゆ（巻9・一七一四）
（激しく流れ落ちる水が岩に遮《さえぎ》られ淀んでいる、その淀みに月影がくっきりと映し出されて見える）

これは吉野離宮に行幸した時の歌とあるだけで何時、誰の作とも分からないが、歌の配列から類推すると文武朝（八世紀初め）頃の作らしい。吉野離宮の傍らを流れる吉野川は急流で、大小の岩群が折り重なった間を激しく流れ下り、一挙に落ち込んだ辺りは深い淵となっている。この辺りは宮瀧《みやたき》といわれる景勝地だが、作者はこの淀んだ淵に映った月の影を見てその神秘的な美しさに魅了されている。これらの歌も宴や団欒の折りに詠まれたもので、その場で記録されたものではなく口伝えに伝えられたものだろう。そこで伝えられる間に作者も詠まれた年月も曖昧になっている。

このように当時の旅は、ある時は予想外の事態に遭遇して不安におののいたり、家郷を偲んで心を慰めたこともあったが、時には日頃眼にしたことのない異郷の自然との出会いに心弾ませることもあったようだ。旅の歌にはそうした折々の様々な思いが読みとれる。

[目的地で]

目的地に着いた官人たちは現地で京からの使者として丁重に迎えられたろう。また中央から派遣された国庁の官人にとって、使者は京の最新の情報源としても歓迎されたにちがいない。資料の制約もあって詳しいことは分からないが、おおよそのことは類推できる。

ここでは田辺福麻呂《たなべのさきまろ》の場合を取り上げてみよう。福麻呂は宮内省所属の造酒司《さけのつかさ》の令史《さかん》（大初位上相当）であったが、天平二十年（七四八）に左大臣 橘 諸兄《たちばなのもろえ》の使者として越中を訪れている。造酒司の官人が橘家の使者となった経緯《いきさつ》は明らかでないが、橘家の家政機関（管理運営事務所）の職員をも兼務していたのではないかと考えられている。ともあれ、越中に滞在し三月二十三日には越中の守大伴家持の館で持て成しを受け、その席で居合わせた人々と歌を詠み交わしている（巻18・四〇三二の題詞）。翌二十四日も宴が催され、二十五日には布勢《ふせ》の水海《みずうみ》を遊覧し、さらに二十六日は越中国の掾久米広縄《じょうくめのひろなわ》の館での宴というように、二十三日から二十六日にかけては連日宴や遊覧が行われているが、これは福麻呂の帰京に先立っての送別の催しであったようだ。

時に大伴家持は従五位下の貴族、掾《じょう》（三等官）の久米広縄は従七位上に相当する職にあり、大初位上相当の田辺福麻呂との身分の差は大きい。にもかかわらずこれ程の持て成しをされるのは左大臣橘諸兄の使者であったからに他ならない。田辺福麻呂が越中に着いた時の記録は残されていないが、送別の様子からおおよその見当はつく。

京から使者を迎えた現地の待遇は使者によっても差はあったろうが、田辺福麻呂だけが特別扱いされたわけではない。天平感宝元年（七四九）五月五日、東大寺の占墾地使《せんこんちし》（開墾する田地を決めるための使者）として越中を訪れた僧平栄《へいえい》等を迎えた大伴家持は、饗応の席で「酒を僧に贈る歌」を詠んでいる。

焼太刀《やきたち》を砺波《となみ》の関に明日よりは守部《もりへ》遣り添《そ》へ君を留《とど》めむ（巻18・四〇八五）
（〔焼いてよく鍛えた太刀を研ぐ〕砺波の関に明日からはさらに番人を増やしてあなたを引き留めよう）

占墾地使《せんこんぢし》とは、寺院の維持に必要な墾田を定めるために派遣された使者で、平栄は造寺司《てらのつかさ》の史生《ししょう》大初位上生江臣東人《いくえのおみあずまひと》を伴っていた。

大伴家持は越中に赴任した翌天平十九年（七四七）の五月頃、税帳使《ぜいちょうし》（収支決算を中央に報告する使い）として上京しているが、その年の九月に大仏鋳造が開始されている。その後天平二十一年（七四九）二月には陸奥国より黄金が献上された。歓喜した聖武天皇は四月一日に東大寺に行幸して大仏に報告するとともに、その喜びを天下に告げているが、その詔《みことのり》の中で大伴氏にも触れ、神代以来皇室を守ってきた一族としてその功績を称えている。それを知った家持は平栄を迎えた数日後の五月十二日に「陸奥国《みちのくのくに》より金《くがね》を出《いだ》せる詔書を賀《ほ》げる歌」（巻18・四〇九四）でその喜びを詠んでいる。

家持がこの詔をどのようにして知ったかは分からないが、少なくとも東大寺の行幸、詔など、その時の様子は平栄から直接伝えられたであろう。それだけに家持にとって平栄は通常の使者ではなく、越中に留めて繰り返し行幸の様子を聞きたかったにちがいない。「〜君を留めむ」は単なる宴席での儀礼的な引き留めではあるまい。もっともこの歌は平栄の来訪を歓迎する歌とも、また送別の席で別れを惜しんで詠まれたとも考えられるが、いずれにしても平栄から伝えられた京の様子は家持の心に強く残ったようだ。

田辺福麻呂や平栄は通常の駅使・伝使とは違って特別に待遇されたようだから、使者の総てがこのように待遇されたとはいえないが、それ相応の持て成しをされたと見ても差し支えあるまい。

以上、官人たちの旅と歌についてみてきたが、彼等の旅立ちに際しては様々な送別の宴が催されている。目的地までの間は駅家や郡家に立ち寄り、目的地では到着、出立の折りに送迎の宴が開かれた。さらに無事戻った時にも宴で迎えられるというように、要所において宴が催されその際歌も交わされている。

こうした官人の旅は京（中央）から地方への一方通行ではなく、各地に赴任した官人たちも各種の報告のために上京していて、いずれの場合にも要所で宴の持て成しを受けている。その際歌を交わしているが、宴の席で歌を詠むことは当時の官人の習わしであった。すると、駅家や郡家での持て成しを受けた際にもその規模の大小はともかくとして、習わしに沿って行われたにちがいない。

旅中の歌の多くは駅家や郡家など、立ち寄ったところで持て成しを受けた際に詠まれたものとみてよい。その折りに詠まれた歌は膨大な数に上るはずだが、その殆どは残ることなく忘れ去られてしまった。だが、公務で旅する官人は一人ではなく同伴者がいたから、彼等を介して伝えられた歌もあったろうし、詠まれた地で伝えられていた歌が後に別人によって伝えられたこともあったろう。いずれにしても万葉集に収録されている旅の歌はほんの一部でしかないことは確かだ。作者が曖昧であったり不明となっているのもこのような事情によるものと思われる。

旅先の特異な歌

行幸先で詠まれた讃歌を除くと、旅の歌は旅の途上で見聞したものや折々の思いを詠んだもので、それらは状況によってさまざまだが、いずれも生活に即して詠まれたものである。ところが、同じく旅の途上で詠んだものでもまったく傾向の違う歌もある。この種のものは通常旅の歌には含めないが、旅の途上の体験を基にした作という共通点もあるので、取りあえずここで取り上げることにした。次はその典型的なものである。

近江《あふみ》の荒《あ》れたる都を過《す》ぎし時に、柿本朝臣人麿《かきのもとのあそみひとまろ》の作れる歌

（近江の荒れた都に立ち寄った時に、柿本朝臣人麿が作った歌）

1 玉だすき　畝傍《うねび》の山の　（〔玉だすき〕畝傍の山の）
2 橿原《かしはら》の　聖《ひじり》の御代《みよ》ゆ　（橿原の地を都とした聖天子の時代から）
3 生《あ》れましし　神のことごと　（お生まれになった神である歴代の天皇が）
4 つがの木の　いやつぎつぎに　（〔つがの木の〕次々に）
5 天《あめ》の下《した》　知《し》らしめししを　（天下を治められてきたのに）
6 空にみつ　大和《やまと》を置《お》きて　（〔空にみつ〕大和を離れて）
7 あをによし　奈良山《ならやま》を越え　（〔あをによし〕奈良山を越えて）
8 いかさまに　思《おも》ほしめせか　（どのようにお思いなさったからか）
9 天離《あまざか》る　鄙《ひな》にはあれど　（〔都を遠く離れた〕田舎ではあるが）
10 石走《いはばし》る　近江《あふみ》の国の　（〔石走る〕近江の国の）
11 楽浪《ささなみ》の　大津《おほつ》の宮に　（楽浪地方の　大津の宮で）
12 天《あめ》の下《した》　知《し》らしめしけむ　（天下を治められたという）
13 天皇《すめろき》の　神《かみ》の命《みこと》の　（天皇である神の命〔天智天皇〕の）
14 大宮《おほみや》は　ここと聞《き》けども　（大宮はここだと聞くけれども）
15 大殿《おほとの》は　ここと言《い》へども　（大殿はここだと人は言うけれども）

16 春草《はるくさ》の　繁《しげ》く生《お》ひたる　（今では春の草が生い茂り）
17 霞立《かすみた》ち　春日《はるひ》の霧《き》れる　（霞が立って春の日が霞んでいる）
18 ももしきの　大宮処《おほみやどころ》　見れば悲しも（〔ももしきの〕大宮の跡を見ると悲しいことよ）
（巻1・二九）

反歌《はんか》

楽浪《ささなみ》の志賀《しが》の唐崎《からさき》幸《さき》くあれど大宮人の船待《ま》ちかねつ（巻1・三〇）
（楽浪の志賀の唐崎は昔のままだが、かってここで大宮人を乗せた船はいつまで待っても帰ってくることはない）

楽浪《ささなみ》の志賀《しが》の大わだ淀《よど》むとも昔の人にまたも逢《あ》はめやも（巻1・三一）
（楽浪の志賀の入江は波もなく穏やかであったとしても、ここで船遊びを楽しんだ昔の人（大宮人）に再びめぐり会うことはあるまい）

長大な歌なので、ここでは分かりやすいように表示した。2の「橿原《かしはら》の聖《ひじり》」とは、宮廷神話に大和の橿原で即位したとされる初代の神武天皇のこと。以下3〜5では、その後の代々の天皇がこの大和の地に都を置いて天下を治めてきたことに触れ、6〜12では、その大和の地を離れて、どうしたわけか天智天皇は辺鄙《へんぴ》な近江の国（滋賀県）の大津の宮で天下を治められたという。8は思いもよらない地に都が遷されたことを不審に思って挿入したもの。それまで歴代の天皇の宮は大和にあり、たとえ離れても難波であった。しかも朝廷を構成する人々は大和を中心とした畿内《きない》（大和、山城、摂津、和泉、河内）の有力な豪族やその地域出身の官人たちであったから、天皇の宮は伝統ある由緒正しい地（国の中心）にあるものと思っていたからであろう。

ここまでが前半部で、以下13〜18の後半部は荒廃した宮跡を見た時の感慨である。この後半部は次のような歴史的背景を伴っている。

かねてから国交のあった朝鮮半島の百済《くだら》は、隣国の新羅《しらぎ》とそれを援助する唐に攻められ、日本に救援を求めてきた。ところが救援に向かった日本の水軍は新羅・唐の水軍に大敗し、百済は滅亡する。天智二年（六六三）のことであった。そのため祖国を失った百済の貴族や知識人はわが国に渡来して中国の先進文化をもたらしたので、大津の宮は一挙に中国風の文化で彩《いろど》られた華やかな都となった。

わが国最初の漢詩集である『懐風藻《かいふうそう》』の序によると、天智天皇はしばしば文人（文学の士）を招いて酒宴を催し、詩文に親しんだという。また、万葉集にも天皇が藤原鎌足《かまたり》に命じて群臣に漢詩で春秋の美を競わせた時に、額田王はその優劣の判定を和歌で詠む（巻1・一六）など、これらは当時の雅《みやび》やかな宮廷の様子をよく伝えている。

だが、天智天皇が亡くなると、その子大友皇子《おおとものみこ》と叔父の大海人皇子《おおあまのみこ》（後の天武天皇）との間に皇位継承をめぐる争い（壬申《じんしん》の乱（六七二））が起こり、大津の宮はその戦乱で消滅してしまう。この宮は六年に満たない短期間、それも戦乱によって一挙に消滅するという劇的な運命をたどった。それだけにこの衝撃的な出来事は宮廷社会でも広く語り継がれていたに違いない。

こうした背景のもとに後半部は詠まれたもので、14〜17は荒廃した宮跡を描いたものである。大津の宮跡はここと聞いてやって来たものの、そこは春霞が立ち込めただ春の草が生い茂るだけという信じがたい光景であった。14、15の「〜ここと聞けども」「〜ここと言へども」という繰り返しは宮跡を見た時の信じがたい思いを強調した表現である。目にした光景は、華やかだったと聞いている宮殿の跡とは思えないほどにすっかり荒れ果てていたからである。それだけに18では廃墟となった宮跡を見て深く悲しんでいる。

一方、反歌は視点を琵琶湖の湖畔に移し、船遊びを楽しんだ大宮人たちを思い描きながら、それとは裏腹のひっそりとした現在の様子を描いたもの。人麿はここに昔日のままに変わらぬ自然と対比して人の世の激しく移り変わるさまを見ている。

このように、長歌は伝え聞く雅やかな宮殿の有様と対比する形で、今ではそのさまを偲ぶ縁《よすが》もないほどに荒れ果ててしまった宮跡を描き、反歌はかって船遊びに興じた大宮人で賑《にぎ》わった湖畔と比べて活気を失い寂《さび》れた湖畔の様子を描くなど、この歌群は荒廃した現在の様子を効果的に描くために一貫して繁栄した過去を対比する形をとっている。さらに宮跡から湖畔へと視点を移動しながら長歌と反歌も対比されていて、全体は緊密に構成されている。この歌にみられる豊かな詩情はこのすぐれた構成によるものだろう。

廃墟を見た時の深い悲しみは、激しく変転する現実を見て人の世のはかなさを知ったからだが、その思いは別の形で帰路の歌にもみられる。

近江《あふみ》の海夕波千鳥《うみゆふなみちどり》汝《な》が鳴けば心もしのに古思《いにしへおも》ほゆ（巻3・二六六）

（近江の海の夕暮れに波打ち際で鳴く千鳥よ、お前が鳴くと心がしおれるほどに昔のことが偲ばれることだ）

もののふの八十氏川《やそうぢかは》の網代木《あじろき》にいさよふ波の行方《ゆくへ》知らずも（巻3・二六四）

（〈もののふの〉多くの氏―宇治川の網代木にただよう波の、行方は分からないことよ）

一首目は、夕暮れの琵琶湖の岸辺で鳴く千鳥の声に誘われて往時の大津の宮を偲ぶもので、廃墟に立ち寄ってから間もない頃に詠まれたものだろう。二首目は近江国から上京する時に宇治川の辺《ほとり》で詠まれたもので、ここでは宇治川の流れを見つめながら、絶えず移り変わってゆく人の世のはかない有様に思いをめぐらせている。大津の廃墟を目にした時の衝撃は人麿の心に深く刻み込まれていたようだ。この二首の歌にはそれがよく現れている。

人麿は七世紀末から八世紀初めに藤原宮に仕えた身分の低い官人であったようだが、この時代にこれほどに均整のとれた詩情豊かな歌を詠むことができたのは中国の先進文化の影響によるものであろう。当時の官人の多くは仕事の上でも漢詩文の知識を要求された。人麿がどのようにしてその知識を深めたかについてはよく分からないが、その知識なしには人麿の歌は詠めなかったろう。近年の研究では人麿の歌は中国の荒都詩が基になっていると考えられている。おそらく「荒都」という題材は荒都詩の影響によるものであろうし、その緊密な構成も漢詩の構成力が影響していよう。

また、この歌群が叙事的であるのも宮廷の仲間たちに旅の話として詠み・聞かせたからであろう。後に赤人は旅の途上で富士山を詠んでいるが（「古代の田子の浦」参照）、これも旅先の特異な歌の一つとして同様に考えられる。

恋の生活と歌

コメント

総ての歌がそうだが、「歌の文化」には長い歴史がある。恋歌の場合は一対の男女が歌を掛け合う民間で行われていた歌垣《うたがき》の習俗（後に説明する）がもとになっている。歌垣は中国南部の少数民族の間では現在でも行われているが、おそらくわが国には弥生時代に稲作とともに伝えられたのではないかと思われる。その痕跡は西日本に片寄っていて東日本では筑波山（茨城県）に見られるだけであるのも、歌垣の習俗がまず稲作とともに九州に伝えられ、やがて長い年月をかけて徐々に東に広まったことを示していよう。ここではまずこの点を念頭に置いておこう。

「恋」は時と所に関係なく人類に普遍のものといってよいであろう。だが、その表現方法はさまざまで同じ国内でも地域や時代によっても違っている。わが国の古代ではその表現は「歌」を通して行われてきた。もちろんこれが唯一の方法であったわけではなく広く行われたということだが、ここではその様相を恋歌の歴史を通して探ってみよう。

一、恋歌の文化

万葉集には多くの恋歌が収録されているが、恋歌が詠まれるようになった背後には歌垣《うたがき》の文化があった。歌垣とは古代の社会で祭りの場に各地から寄り集まった男女が歌を掛け合う行事で、未婚の男女が配偶者を求める場でもあった。ただ、歌垣は地域や時代によっても違っているが、『常陸国《ひたちのくに》風土記《ふどき》』によると筑波山の歌垣の様子は次のようなものであった。男神と女神の二峰から成る筑波山には、春と秋に足柄峠より東の諸国の男女が連れ立って集まり、飲食物を持参して遊び楽しんだが、その時歌われた歌は多くて記録できないほどであった。また、この地域には「筑波峰《つくばね》の会《つどひ》に、娉《つまどひ》の財《たから》を得《え》ざれば兒女《こ》と為《せ》ず」（筑波山の歌垣で

筑波山（茨城県つくば市）。この山で歌垣が行われたが、その場所は未詳。

求婚のしるしの贈り物を貰えない子（娘）は一人前とは見なさない）という土地の言い伝えも残されている。この歌垣の様子は万葉集では

人妻に　吾も交《まじ》らむ　わが妻に　他《ひと》も言問《ことと》へ　この山を　領《うしは》く神の　昔より　禁《いさ》めぬ行事《わざ》ぞ（巻9・一七五九）

（人妻に吾も交わろう。わが妻に人も言葉をかけよ。このことはこの山を支配する神が昔から禁じないことだ）

と詠まれている。これは高橋虫麻呂《たかはしのむしまろ》の長歌の一節だが、筑波の歌垣に集まった男女はこの日に限って交接が許されたという。男女の交わりによって子供が生まれることから、この人間の行為が稲に働きかけて豊かな実りがもたらされると信じられていたからである。この行事は呪術に基づいて行われたもので、性の解放は春に稲の実りの豊かなことを願って行われる豊穣を予祝する呪的行為であると一般的には考えられている。

筑波の歌垣は農耕社会で最も重要な豊穣を予祝する行事の一環として行われていたということだが、この点については近年中国の少数民族の歌垣の調査を基に否定的な見解もあり、まだ十分に解明されてはいない。

歌垣は三輪山の南西麓の海石榴市《つばいち》（奈良県桜井市金屋）では市の群集の中で行われている（武烈天皇即位前紀、巻12・三二〇一〜二）ほかに、古風土記には水辺等で歌垣が行われた痕跡がみられ、万葉の時代以前から広く各地で行われていたようだ。

この歌垣は日本固有のものではなく、中国南部の少数民族の間に同様の「歌の文化」があることが知られている。しかも彼等の間では現在でも歌垣が行われていて、その調査報告が映像とともに公開されている（工藤隆、岡部隆志『中国雲南省少数民族歌垣調査記録1998』大修館書店）。中国雲南省の白族《ぺー》を中心としたもので、歌の掛け合いが逐一日本語に翻訳されている大変貴重な記録である。

この調査記録によると、歌垣の場では各地から連れ立ってやって来た男女それぞれのグループの一人と、他のグループの一人との間で歌の掛け合いが始まると、それを見守る人垣ができるが、その人垣の中で男女は歌を掛け合い、時には数時間に及ぶことがあるという。

ここでは歌い掛けられた相手は即座に即興的に歌い返すのだが、その場合、固定的なものではないが大まかには決まりのようなものがあるらしく、また決まり文句もあって、歌い手はそれらをよく知っている者たちであった。そうでなければ長時間歌い継ぐことはできない。この歌のやり取りでは、相手の人柄や情愛の程度、真意などを見極めようと互いに虚々実々の駆け引きが行われるが、人垣を為した周囲の人々は歌を掛け合う男女の恋の駆け引きの妙味を楽しんだり、楽しみながら自然に歌の掛け合いの仕方を身につけたりしていたようだ。いわば、歌垣の行われている場は歌い手と聴衆とから成る野外の劇場空間であり、この野外劇は寄り集まった男女の間で随時随所で繰り広げられている。

したがって、歌垣は未婚の男女が配偶者を求める場であったが、ここに集まる人の総てがその目的でやって来たわけではなく、聴衆として歌の掛け合いを楽しむ者もあれば、自らが歌い手となって掛け合いを楽しむ者もいるなど、実際の歌垣の場は未婚既婚を問わずそれぞれの目的で集まった人々で賑わっていた。

つまり、多くの聴衆たちの中には一対の男女の間で繰り広げられる恋の駆け引きを楽しむためにやって来て、随所に見られる野外劇に出会って自然に歌い方（掛け合いの妙味）を習得し、やがて歌い手になることもあった。だから歌い手は専門の歌い手として固定していたわけではなく、随時聴衆と入れ替わることができたということである。

それ程に歌垣の文化圏では「歌の文化」が人々の間に広く根づいていた。つまり、この文化圏では日頃交流のない男女が互いに知り合うきっかけは、日常の言葉ではなく「歌」を通して行われるということが共有されていたわけで、そうでなければ見知らぬ者に突然歌い掛けるようなことはできない。おそらく「歌」には日常の言葉では表現できない、相手の心に働きかける不思議な力が備わっていたために歌を通して交流する文化が根づいたのであろう。

二、万葉の恋歌

日本で歌垣が何時頃から行われていたかは明らかでないが、古風土記や万葉集などわが国の古代の文献には歌垣とはっきり分かるものやその痕跡と見られるものまで含めると、常陸国の他は摂津、播磨、肥前、出雲などの国に見られる。西日本の国々に片寄っていることから類推すると、歌垣の始まりは弥生時代の始まる紀元前三〇〇年前後であろう。

中国長江流域に始まった稲作が朝鮮半島南部を経由して日本に伝えられたのもほぼこの頃であり、弥生人が伝えたようだが、歌垣の痕跡が西日本に片寄りを見せていることからみても、歌垣の文化も弥生文化として伝えられたようだ。

万葉の歌が詠まれるようになるまでおよそ九〇〇年もの間、西日本を中心に民間では歌垣が行われ、やがて関東地方にまで及んでいる。歌をもって思いを伝えるという「歌の文化」が、長期にしかも広く民間で行われていたことが万葉恋歌の母胎となっていることは次のような歌からも容易に類推できる。

久米禅師《くめのぜんじ》、石川郎女《いしかはのいらつめ》を娉《よば》ひし時の歌五首

（久米禅師が石川郎女に誘いかけた時の歌五首）

①み薦《こも》刈る信濃の真弓《まゆみ》わが引かば貴人《うまひと》さびて否《いな》と言《い》はむかも　禅師（巻2・九六）

（〔み薦刈る〕信濃の真弓を引くように、あなたを引いたなら（誘ったなら）あなたは貴人ぶっていやというんだろうか）

②み薦刈る信濃の真弓引かずして強作留わざを知ると言はなくに　郎女（巻2・九七）

（〔み薦刈る〕信濃の真弓を引き（誘い）もしないで、強作留ことを知っているようには言わないものですよ）

③梓弓《あづさゆみ》引かばまにまに寄《よ》らめども後《のち》の心を知りかてぬかも　郎女（巻2・九八）

（梓弓を引くように引く（誘う）ならば、靡きよりますが、後々までの心は分かりませんからね）

④梓弓弦緒《つらを》取りはけ引く人は後の心を知る人そ引く　禅師（巻2・九九）

（梓弓に弦を張って引くように、引く（誘う）人は後々の心を知っているからこそ引くのだ）

⑤東人《あづまと》の荷前《のさき》の箱の荷《に》の緒《を》にも妹《いも》は心に乗りにけるかも　禅師（巻2・一〇〇）

（東国の人が朝廷に奉る荷前《のさき》（初穂）の箱をくくる綱が馬にしっかり結ばれているように、あなたは私の心にすっかり乗り移ってしまったなあ）

久米禅師は久米氏出身の禅師だが伝未詳。禅師は高僧の尊称として用いられたり、広く法師を意味する場合もあり、この場合どちらか分からない。石川郎女は石川氏の郎女でやはり伝未詳。郎女は女性の尊称。石川郎女は万葉集に数名登場するが、その関係については諸説あって定まらない。

まず久米禅師が石川郎女に①で「あなたを誘ったら、お高く振る舞っていやと言うだろう」と歌い掛けると、すかさず郎女は②のように歌い返している。四句目の本文「強作留」をどう訓《よ》むかよく分からないが、法師は弓を引かないもの、だからあなたは弓を引かない（誘わない）ものだとやり返し、さらに、それなのに「貴人《うまひと》さびて否《いな》と言《い》はむかも」などと、まるで女性のことをよく知っているかのようなことを言うが、僧はそんなことは言わないものですよ、とやり込めているのであろう。

だが、③では一転して「誘ってくれたら素直に靡き寄りますが、後々の心までは分かりませんからね」と、ためらいを見せながら逆に誘いかけている。それを受けて④では後々までも心変わりすることはないからこそ誘うのだと応じ、さらに⑤で「妹《いも》は心に乗りにけるかも」として、すっかりあなたの虜《とりこ》になってしまったといって、躊躇《ためら》っている相手をこちらに靡かせようとしている。

こうした男女の歌のやり取りは、民間で行われていた歌垣に典型的にみられるもので、禅師と郎女はそれを宮廷社会に持ち込んで楽しんでいる。おそらくこれらの歌は使い（仲介者）を通してやり取りされたものではなく、禅師と郎女が宮廷に仕える人々―といっても不特定多数ではなく少数の仲間たち—を前にして歌い交わしたものであろう。

郎女の相手が禅師(法師)であることから通常禅師の出家以前の歌であろうといわれたりするが、そうではなく歌に熟達した郎女と禅師(法師)が恋歌を交わすという、通常ではあり得ない取り合わせの意外性、その男女による歌の掛け合いが宮廷人たちに喜ばれたのであろう。

宮廷人たちは彼等が偽装の恋を演じているさまを楽しんでいるのだ。これらの歌は近江朝(天智天皇の時代　西暦六六二~六七一)の歌として伝えられたもので、万葉時代の初期のものである。宮廷に仕える人々(大宮人)はもはや民間で行われていた歌垣に参加することはなかったが、数百年にわたって行われてきた歌垣によって培《つちか》われた歌の伝統が背後にあったからこそ、この種の歌が宮廷社会でもごく自然に受け入れられたのであろう。

だが、民間での掛け合いと宮廷社会での掛け合いとでは違いもみられる。歌垣は特定の日に特定の場所で行われるが、宮廷では随時随所で行われていること。次に前者が未知既知を問わず不特定多数の男女の間で行われるのに対し、後者は限られた少人数の仲間の内で行われていること。したがって、狭い宮廷社会では絶妙な歌の掛け合いはたちまち話題となって大宮人たちに知れ渡ったろう。禅師と郎女の掛け合いは宮廷社会で話題となり、長い間伝えられる過程で記録されたものだが、この種の歌の殆どは知られることもないままに消滅している。
　こうした歌のやり取りは男女が同席しなければ成り立たないが、宮廷社会では離れて住む男女の間で手紙のように文字で書かれた歌が贈答されるようになると、次第にこちらの方が主流になっていった。ただ、その為には文字の読み書きができなければならないが、文字に習熟していなかった庶民の間では使いの者が二人の間を往来して口頭で伝えられたようだ。次は文字による贈答であろう。

　大津皇子の石川郎女に贈《おく》れる歌一首
あしひきの山のしづくに妹《いも》待つとわれ立ち濡《ぬ》れぬ山のしづくに（巻2・一〇七）
（〔あしひきの〕山の雫《しずく》に、あなたを待つとて佇《たたず》んでいてすっかり濡れてしまった。山の雫に）
　石川郎女の和《こた》へ奉《まつ》れる歌一首
吾《あ》を待つと君が濡れけむあしひきの山のしづくにならましものを（巻2・一〇八）
（私を待つとてあなたが濡れたという、その山の雫になることができればよいのに）

大津皇子は天武天皇の第三皇子。伯父の天智天皇からも愛され、才能豊かで信望もあったが天武天皇の死後謀反の罪で刑死した。叔母の持統天皇がわが子草壁（日並《ひなみし》）皇子の即位を脅《おびや》かす存在としてこの事件を画策したと言われている。

この大津皇子と石川郎女が密通したことが占いによって露見するが（巻2・一〇九題詞）、その頃石川郎女はすでに大津皇子の異母兄である草壁皇子と関係があったらしい。一方、石川郎女は大津皇子の宮に仕えた侍女（「侍《まかだち》」、巻2・一二九題詞）とも伝えられているので、草壁皇子に寵愛《ちょうあい》されていた頃大津皇子と密通し、露見後は大津皇子の宮に仕えるようになったようだ。するとこの贈答歌は密通が露見する前のものだろう。

大津皇子の歌は野外で会う約束の場所に郎女が現れなかったので、長い間待ち続けて山の雫に濡れてしまったといって、現れなかった郎女をそれとなく責《せ》めている。それに対する郎女の返事は、約束のことには一切触れず、山の雫になってあなたにぴったり寄り添いたかったのにといって、心変わりしたわけではないことを仄《ほの》めかしている。

つまり、皇子が心変わりしたのではないかと不安を仄めかしたのに対し、郎女は約束のことには直接触れず、相手が最も知りたいと願っている郎女の気持ちだけを示している。この巧みな表現からみて、直向《ひたむ》きな皇子とは違って恋の道に熟達した女性であったようだ。先の久米禅師と掛け合いをした石川郎女と同一人物であったか否かについては確かなことは分からないが、同一人物とも見なせるほどに歌に熟達した女性である。ともあれ、二人の石川郎女に共通するのは、相手の言葉を用いて巧みに歌い返すということだが、この表現の仕方は歌垣の歌によく見られるもので、これは歌垣の長い歴史の中で形作られた表現様式として、広く万葉の恋歌にも受け継がれている。

このような贈答を繰り返しながら、万葉人たちはそれぞれの状況に即した表現を工夫している。次はそうしたものの一つである。

笠女郎《かさのいらつめ》の大伴家持《おほとものやかもち》に贈れる歌（廿四首）

⑥皆人《みなひと》を寝《ね》よとの鐘は打つなれど君をし思へば寝《い》ねかてぬかも（巻4・六〇七）

（「人々よ寝なさい」と、その時を知らせる鐘が鳴っていますが、あなたのことを思うと眠れません）

⑦相思《あひおも》はぬ人を思ふは大寺《おほでら》の餓鬼《がき》の後《しりへ》に額《ぬか》つくごとし（巻4・六〇八）

（思ってもくれない人を思うのは、まるで大寺の餓鬼を後ろから深々と額をつけて拝むようなものです）

⑧心ゆも我《あ》は思《おも》はざりきまたさらにわが故郷《ふるさと》に帰り来《こ》むとは（巻4・六〇九）

（まったく思ってもみませんでした。こうして再びわが故郷に帰って来ようなどとは）

⑨近くあらば見ずともあらむをいや遠く君がいまさばありかつましじ（巻4・六一〇）

（近くにいれば逢えなくても我慢できますが、あなたがますます遠くにいらっしゃるとな

ると、とても生きていけそうもありません)

右の二首は、相別れて後に更に来贈《おく》る

大伴家持の和《こた》へたる歌二首

⑩今さらに妹《いも》に逢《あ》はめやと思へかもここだ我《あ》が胸いぶせくあるらむ(巻4・六一一)

(もはやあなたに逢うことはあるまいと思うからか、わが胸の内はひどく鬱《ふさ》いで晴れ遣《や》らないのだろう)

⑪なかなかに黙《もだ》もあらましを何すとか相見《あひみ》そめけむ遂《と》げざらまくに(巻4・六一二)

(むしろ黙っていたらよかったのに、どうしようとて互いに逢ってしまったのであろう。思いを遂げることはできないのに)

笠女郎については万葉集に家持に贈った恋歌があるだけでその他は未詳。相手の大伴家持は大伴旅人《たびと》の子で、名門の貴公子として多くの女性たちから恋歌を贈られている。笠女郎もその一人であった。

⑥〜⑨は笠女郎が大伴家持に贈った二四首の内の最後の四首である。この二四首は数度にわたって家持に贈られた歌を一括したものだが、家持は離別後に女郎から贈られてきた⑧⑨

に対して「和《こた》」えた⑩⑪の二首があるだけで、家持が積極的に贈った形跡はみられない。いわば女郎が一方的に贈ってきたのに対し、家持は沈黙したままだった。それだけに女郎の歌には、ひたすら家持の来訪を待ち続ける思いや、抑えようのない激しい思慕の情、また恋に苦悩するわが身を見つめるなど、折に触れてその時々の切々たる思いが表出されている。

⑥は家持との関係が途切れようとする直前の作で、もとより相手の訪れなど殆ど期待できないのだが、それでも当て所もなく待っていると折から人々に就寝を告げる鐘の音が聞こえてくる。そこでもはや相手がやって来ることはないと知りながらも、なお恋しい思いを断ち切れずに悶々とした夜を過ごす様子がよく描かれている。

⑦は、何をいっても振り向いてくれない相手を思うのは、「〜のようだ」として、恋するわが身をもう一人の自分が見つめるような歌である。「〜のようだ」の「〜」は「大寺《おほでら》の餓《が》鬼《き》の後《しりへ》に額《ぬか》つく」という奇抜なものである。餓鬼とは生前貪欲《どんよく》〈きわめて欲深いこと〉であったために餓鬼道に堕《お》ち、飢《う》えや渇《かわ》きに苦しむ亡者のことだが、彫像としての餓鬼像は伝わっていない。あるいは本尊を守護する四天王に踏まれた邪鬼のことかもしれない。いずれにしても信仰の対象ではなく、それを正面から拝んだところで何の甲斐《かい》もないのだが、ましてや裏側から拝むというのだからなおさらだ。思ってもくれない人を思うのはこれと同じだといっている。片思いの苦しさに耐えかねた自分を嘲笑《あざわら》うかのような口振《くちぶ》りだが、これは贈る

相手に対する「捨《す》て台詞《ぜりふ》」でもある。これを最後に彼女は京を離れて故郷に帰ったが、なお思いを断ち切れず、さらに二首の歌（⑧⑨）を贈っている。

ここで始めて家持は⑩⑪の二首を返している。⑩は再び逢うことはないからか気持ちが鬱《ふさ》いでおりますと、通り一遍の挨拶のようなものであり、続く⑪はもともと二人はこうなる運命だったのだから逢わなければよかった、といった口振りで何とも素《そ》っ気《け》ないものである。

このようにみてくると万葉集の恋歌の様相がよく分かる。宮廷社会で恋歌が交わされるようになったのはほぼ天智天皇の時代（六六二〜六七一）からである。この頃仏教を伝えるなどかねて親交のあった百済は唐と新羅の連合軍に攻められ、日本に救援を求めてきた。ところが要請を受けて救援に向かった日本の水軍は天智二年（六六三）白村江《はくそんこう》の海戦で大敗し、百済は滅亡する。その結果国を追われた百済の支配者の多くは日本に逃れてきた。彼等は当時の先進国であった中国の文化を身につけた貴族や官人であり、日本の宮廷社会に中国の先進文化を伝えたため、宮廷は一挙に中国文化を受け入れて華やいだ雰囲気に満ちていた。

こうした宮廷社会で、恋歌も歌垣を通して形作られた歌をもとに新たに宮廷風に整えられている。その典型が久米禅師と石川郎女の掛け合いにみられたわけだが、これは歌垣のように特定の日に特定の場所で行われたわけではなく、条件さえ整えば何時何処でも可能であった。そうすると恋歌のやり取りは男女が離れていても支障なかったので、新たに使いを介して贈答するようになり宮廷社会に急速に広まっていった。この場合使いが口頭で伝えることもできたが、中国の文化を取り入れた宮廷社会ではより便利な文字を用いてやり取りしたようだ。大津皇子と石川郎女の贈答はその一つである。

ただ、この贈答歌は相手の言葉の一部を繰り返すという歌垣の中で培《つちか》われた表現様式が用いられている。これは万葉の時代を通して広く受け継がれているが、この表現様式は相手の思いをはぐらかしたり、相手の思いをかわして逆にやり返すような場合は有効であっても、そのことが逆に制約ともなっている。だが、恋の思いは人によってもまた状況によっても様々であるから、次第に個別の心情に即して表現する方向に展開している。笠女郎の歌はその典型といってよいであろう。

また、こうした贈答が広く行われる中で次のような歌も詠まれている。

山口女王《やまぐちのおほきみ》の大伴宿禰《すくね》家持に贈れる歌一首

秋萩に置きたる露の風吹きて落つる涙は留《とど》めかねつも（巻8・一六一七）

（秋萩に置いた露が風に吹かれて落ちるように、こぼれ落ちる涙は止めようもありません）

秋萩に置いた露が折からの風ではらはらと落ちる優美な光景は早朝の景であろう。恋人を待って眠れぬままに一夜を明かした山口女王にとって、この露は止めどもなく流れ落ちる涙であった。平安朝になると露が涙に見立てられることはよくあることだが、万葉集ではごく稀で、景と情とが渾然一体《こんぜんいったい》となって遣《や》るせない思いを描き出している。次も同様である。

大伴坂上郎女《おほとものさかのうへのいらつめ》の歌一首

夏の野の繁《しげ》みに咲ける姫百合《ひめゆり》の知らえぬ恋は苦しきものそ（巻8・一五〇〇）

（夏草が生い茂る野にひっそりと咲いている姫百合のように、人知れず恋焦がれるのは切ないものです）

片思いの苦しさを情景として描くことは難しいが、ここではそれを夏草の茂みの中にひっそりと咲く一輪の姫百合の姿によって鮮明にしている。生い茂った草むらに咲く姫百合は人目に付きにくく、しかも夏の日差しに照らされた熱気の立ち込める中で喘《あえ》いでいるかのようだが、そのさまが片思いの苦しさと重ねられている。これを贈った相手は分からないが、あるいは「姫百合」を題として詠まれたものかもしれない。

このように自然の情景と思いを重ねた情趣豊かな恋歌も万葉集には多くみられる。

風に散る花橘を袖に受けて君がみ跡《あと》と偲《しの》ひつるかも（巻10・一九六六）

（風で散る橘の花を袖に受け止めて、あなたの名残《なごり》としてお慕いすることよ）

これは恋歌ではないが、はらはらと舞い落ちる橘の花を袖に受け止めて、それを立ち去った人の名残として思慕するさまは恋歌と見紛《みまが》うもので、このような繊細優美な歌も恋歌の流れに沿って詠まれたものであろう。

しかし、一方で万葉の恋歌はこうした流れとは別に、次のようにも展開していった。

（A）春さればしだり柳のとををにも妹《いも》は心に乗《の》りにけるかも（巻10・一八九六）

（春芽吹いたしだれ柳が撓《たわ》むように、あの娘《こ》はしなだれかかって私の心に乗り移ってしまった）

宇治川《うぢかは》の瀬々《せぜ》のしき波しくしくに妹は心に乗りにけるかも（巻11・二四二七）

（宇治川の瀬にしきりに寄せる波のように、絶え間なくあの娘《こ》は私の心に乗り移ってしまった）

大船《おほぶね》に葦荷《あしに》刈り積みしみみにも妹は心に乗りにけるかも（巻11・二七四八）

（大船に葦荷《あしに》を刈って積むように、ずっしりとあの娘《こ》は私の心に乗りかかってきたよ）

（B）秋されば雁飛び越ゆる龍田山《たつたやま》立ちても居《ゐ》ても君をしそ思ふ（巻10・二二九四）
（秋になると雁が飛び越える龍田山のように、立っても座ってもあなたのことばかり思っています）

春柳《はるやなぎ》葛城山《かづらきやま》に立つ雲の立ちても居ても妹をしそ思ふ（巻11・二四五三）
（〔春柳〕葛城山に立つ雲のように、立っても座ってもあの娘《こ》のことばかり思う）

遠《とほ》つ人猟道《かりぢ》の池に住む鳥の立ちても居ても君をしそ思ふ（巻12・三〇八九）
（〔遠つ人〕猟道《かりぢ》の池に住む鳥が飛び立つように、立っても座ってもあなたのことばかり思う）

これらの歌の形についてみると、（A）群に共通するのは「妹は心に乗りにけるかも」という下二句が同じであることと、上三句に自然の情景が見られることである。この形式の歌は先の久米禅師の歌⑤の他にも数例ある。「類歌《るいか》」といわれるものだが、情景の部分（上の句）を変えて心情部（下の句）を等しくする形の歌は万葉の恋歌を特徴づけるものであり、作者未詳の歌に多い。

こうした類歌の背後には歌垣の場で形成された歌の掛け合いの伝統が根強くあったろう。掛け合いの場では即興的に対応することが求められていたから、その為の決まり文句があった。現在でも結婚式や葬式などの儀式では、決まり文句を適度に織り交ぜてスピーチが行われるが、決まり文句を用いた方がより無難に対応しやすいからである。

（A）群の歌の場合もほぼ同様であり、「～妹は心に乗りにけるかも」も決まり文句として知れ渡っていたものの一つである。しかも「～」の部分は自然の情景に限定されていたから、状況に応じてそこだけ変えれば素早く対応することができた。これは（B）についても同様で、この場合は「～立ちても居ても君（妹）をしそ思ふ」と、心情部も「君」と「妹」の入れ替えだけで男女いずれの立場でも詠むことが可能になっている。

（A）（B）はそれぞれ類歌《るいか》というが、従来万葉の類歌は古代社会が没個性的、均一的であったため類同の表現が見られると考えられていた。だが、そうではなく即座に歌い交わすことが求められた掛け合いの場では、決まり文句を用いることがもっとも容易《たやす》い方法として広く行われていたためであり、その結果として類歌が生じたとみられる。しかし、これは即座に対応しなければならない場合や掛け合いによる男女の駆け引きなどを楽しむには有効であったが、概して心に迫るようなものではなかった。

このように恋歌の流れを辿ってくると、歌垣の伝統が根強く残っていることが分かるが、一方で笠女郎などの贈答歌にみられるようなより個別の心情に即した表現も新たに加わるなど、万葉の場合は古今集以降のものと違って、その表現もどのような状況（場）のもとで詠まれたかによって質の違いがみられる。さらに東国の庶民たちの歌と思われる「東歌《あずまうた》」の恋歌を加えると、いっそう多様なものとなっている。

これらのことを念頭に置いて、次に恋の生活の中で取り交わされた歌についてみてみよう。

三、恋の生活と歌

若い男女が知り合う機会は様々にあったろう。歌垣以外には確かなことは分からないが、噂《うわさ》や一目惚《ひとめぼ》れして直接尋ねて行くこともあったようだ。次のような歌がある。

誰《たれ》れそこのわが屋戸《やど》に来呼《きよ》ぶたらちねの母に嘖《ころ》はえ物思《ものおも》ふわれを（巻11・二五二七）
（誰なのこのわが家に来て呼ぶのは。母に叱《しか》られて物思いをしているわたしを）

娘は母に男との関係を咎《とが》められ落ち込んでいるようだ。そんな折りに戸外から男の誘う呼び声が聞こえるが、娘はそれが誰であるか分からないらしい。この娘のもとには複数の男が通っていたからか、あるいは新たに誰かが誘いに来たからなのか明らかでなく、また、この娘が男の誘いに応じたか否かも分からないが、顔見知りでもない者が直接尋ねて来ることもあったようだ。だが、たとえ知り合って通うようになっても母親の監視もあって、思い通りに逢うことはできなかった。次の歌はそのことがユーモラスに描かれている。

1 魂合《たまあ》へば相寝《あひぬ》るものを小山田《をやまだ》の鹿猪田守《ししだも》るごと母《はは》し守《も》らすも（巻12・三〇〇〇）

（二人の魂が合えば共寝できるというのに、山間の、鹿や猪の荒らす田を守るように、あの娘《こ》の母親が見張っておいでだよ）

2 筑波嶺《つくばね》のをてもこのもに守部《もりへ》据ゑ母《はは》い守《も》れども魂《たま》そ会《あ》ひにける（巻14・三三九三）

（筑波山のあちこちに番人を置いて守るように、母はしっかり見張っているが、二人の魂だけは合ってしまった）

古代では物思いが激しいと魂が肉体から抜け出すと思われていた。魂が合うとは、その抜け出した男女の魂が結びつくことをいう。そういう状態になると共寝できると信じられていたようだ。1は共寝できる状態なのに、まるでこの俺様を田を荒らしに来た鹿や猪であるかのようにあの娘《こ》の母親は目を光らせていて近づけないというもの。「守らすも」の「す」は敬語だが、ここでは「何とまあしっかり見張っておいでだ」と皮肉り、この母親に自分は「鹿猪《しし》」にされてしまったよ、といって戯《おど》けている。おそらくこの歌はくだけた宴のような場で歌われたものであろう。

2は男女どちらでもよいが多分娘の歌だろう。1とは逆にどんなに厳しく母親が見張ったとて魂は合ってしまったといい、やがて二人は思い通りに逢えることを仄《ほの》めかしている。この楽観的な思いはこの歌を受け取った相手をもそう思わせてしまいそうだ。ともあれ、二人が密かな関係にある間は逢うこともままならなかったから、多くは母親の目の届かない場所で逢っている。

3　あしひきの山より出《い》づる月待つと人には言ひて妹《いも》待つわれを（巻12・三〇〇二）

（〈あしひきの〉山から出る月を待っていると人にはいって、実はあの娘《こ》を待っているのだ）

4　青柳《あをやぎ》の萌《は》らろ川門《かはと》に汝《な》を待つと清水《せみど》は汲《く》まず立処《たちどなら》平すも（巻14・三五四六）

（青柳の芽がふくらむ川門《かわと》であなたを待ちながら清水は汲まないで足もとを踏みならしています）

3は野外で佇《たたず》んでいるところを人に知られ、月の出るのを待っているのだと言い訳をしながらあなたを待っているという男の歌。逢い引きの場所は分からないが、次の4では「川門」（渡し場）になっている。ここは洗濯や水汲み場でもあったから人目に付きやすいのだが、ここなら地面をならすほど長い時間居ても不審に思われることはなく、かえって人目を忍ぶには都合よかったらしい。当時、京の周辺では板葺きの家もあったが、地方ではまだ竪穴住居だったので庶民の間では野外で逢い引きすることが多かったのであろう。
だが、時には娘の家に忍び込むこともあったようだ。

玉垂《たまだれ》の小簾《をす》の隙《すけき》に入《い》り通《かよ》ひ来《こ》ね
たらちねの母が問《と》はさば風と申《まを》さむ（巻11・二三六四）
（玉垂《たまだれ》の簾《すだれ》の隙間から入って来てね。母に何の音かと聞かれたら風よと申しましょう）

この場合は、たとえ母親が物音に気づいたとしても風のせいにするからといって、娘が積極的に迎え入れようと誘っているのだが、もともと簾の隙間から入り込むことなどあり得ないから、ここでは戯れているのであって、あまり現実的に考えない方がよいのかもしれない。
さらに、密かに逢い引きを重ねる者たちは母の目だけではなく、周囲の目も避けなければならなかった。

人言《ひとごと》を繁《しげ》み言痛《こちた》み逢《あ》はざりき心あるごとな思ひわが背子《せこ》（巻4・五三八）
（人の噂がひどいから逢わなかったのです。心変わりしてしまったと思わないでくだ

さい、あなた）

人目《ひとめ》多み逢はなくのみそ心さへ妹《いも》を忘れて我《あ》が思はなくに（巻4・七七〇）

（人目が多いので逢わないだけだ。心まであなたを離れて忘れたわけではないよ）

これらは運悪く世間の噂の種になったり、人目に妨げられて二人の関係にひびが入るのを恐れて逢うこともままならない男女の様子を詠んだものだが、こうした試練を乗り越えて二人は結ばれた。だが、晴れて結ばれても同居したわけではなく、しばらくの間は相変わらず男は女の家に通い続けたようだ。

「七夕」の項でも述べたように、古代の人々は神を根本に据え、神の行為や教えをもとにこの世の秩序、つまり人々の生活や人々を取りまく自然などが形作られていると考えていた。男が女のもとに通うという「通い婚」（妻問い婚）の習俗も、神と巫女の結婚をもとにしてできた理想的な男女の結びつきであった。そこで万葉の恋歌もこの習俗を反映し、通う側、待つ側それぞれの立場から詠まれている。

5　月夜《つくよ》よみ妹《いも》に逢はむと直道《ただち》からわれは来《き》つれど夜そ更《ふ》けにける（巻11・二六一八）

（月が照っているのであなたに会おうと、急いで近道してやって来たのだが、もはや夜も

更けてしまった）

6 遠き妹《いも》が振仰《ふりさ》け見つつ偲《しの》ふらむこの月の面《おも》に雲なたなびき（巻11・二四六〇）

（遠く離れている妻が眺めながら偲んでいるであろう、この月の面に雲よ棚引かないでくれ）

男が女のもとを訪れるのは夜なら何時でもよかったわけではない。稀には雨の夜にも通うことはあったが（巻10・二二三六　巻12・三一二三など）、たいていは月夜の晩であった（古橋信孝『古代の恋愛生活―万葉の恋歌を詠む』NHKブックスに詳しい）。

満月を過ぎると月の出は日ごとに遅くなるから、5はその遅い月の出を待って家を出たようだ。女のもとに通う道は通常人目の少ない回り道を選ぶ。ここでは急ぐあまり近道をしてきたが、それでも夜更けになってしまったというもの。男が女のものを訪れるのは、日の暮れ時から就寝を告げる鐘の音が響く午後十時頃までの間である。男は訪れる時刻を遥かに過ぎてやって来たようだが、あなたに会いたい一心で近道を急いで来たのだといって、直向きな思いを訴えている。

一ヶ月の内で月夜は限られている。しかも天候によっては月は隠れて見えない。それだけに月夜には男の訪れを今か今かと待ったり、待ちあぐねて次第に不安を募らせるなど、女の側は様々な思いで月を眺めることになる。6は何らかの事情で訪れることのできない男が、待ちわびている相手の気持ちを察して偲んでいる。

このように通常は月夜に通うのだが、そのことが歌に表現されていなくてもそれを前提に詠まれているわけで、むしろその方が多い。

7　山科《やましな》の木幡《こはた》の山を馬はあれど歩《かち》ゆ我《あ》が来《こ》し汝《な》を思ひかねて（巻11・二四二五）

（山科の木幡の山を馬はあるが、歩いてやって来た、あなたへの思いに耐えかねて）

8　石根《いはね》踏む夜道行かじと思へれど妹《いも》によりては忍びかねつも（巻11・二五九〇）

（岩を踏み越える危険な夜道は行くまいと思うけれど、あなたへの思いが募ってこらえきれないよ）

9　下野安蘇《しもつけのあそ》の川原《かはら》よ石踏《いしふ》まず空《そら》ゆと来《き》ぬよ汝《な》が心告《の》れ（巻14・三四二五）

（下野の安蘇川の川原を、石も踏まずに空を飛ぶ思いでやって来たよ、お前の気持ちを打ち明けておくれ）

7は、馬に乗っていくとその足音で人に気づかれてしまうので歩いて来たとも、山道は岩が多く、馬が躓《つまず》くと危険だからというのか、どちらともいえないが、前者ならば人目を忍んで苦労して来たということになるし、後者なら危険だから歩いて来たということで、いずれにしても抑えがたい思いを訴えるものとなっている。同様に8も恋しさに耐えかねて岩だらけの危険な夜道をものともせずやって来たというもので、78は共に危険な夜道を苦労して来たという行動を通して情愛の深さを示している。9は密かに通い詰めていた男の歌で、すっかり相手の虜になってしまい、上の空の状態でやって来た気持ちを「石踏《いしふ》まず空《そら》ゆと来《き》ぬよ」で表している。

一対の男女を取りまく状況は様々で、人目を忍んで通う場合もあれば、結婚した後も通ってくることもあったから、相手の関心をこちらに向けさせるためにはその場に相応《ふさわ》しい表現を必要とした。そこでこの類《たぐい》の歌はバラエティに富んだものになっている。

この点は待つ側の歌も同様である。

10何時《いつ》はしも恋ひぬ時とはあらねども夕方設《ゆふかたま》けて恋ひはすべなし（巻11・二三七三）

（何時といって恋しくない時はないけれど、夕方になるといっそう恋しさが募る）

11馬の音のとどともすれば松陰に出《い》でてそ見つるけだし君かと（巻11・二六五三）

（馬の音が「とど」と聞こえると、松陰に出て見てしまう、もしやあなたかと思って）

通常男は月夜に通ってきた。そこで10には夕暮れが近づくにつれてどうしようもないほどに恋しさか募るという、待つ側の思いが素直に詠まれている。一方11では馬の足音を聞きつけて外に出て、松陰からそっと覗《おぞ》いてみるというもので、耳を澄ませて今か今かと心ときめかせて待つ女の心が示されている。

このような逢瀬に期待を寄せている歌とは違い、逆に嘆き、恨む歌も多く見られる。

12 春雨《はるさめ》に衣《ころも》はいたく通らめや七日《なぬか》し降らば七日来《こ》じとや（巻10・一九一七）

（春雨で衣がひどく濡れるものでしょうか、あなたは雨が七日降り続いたら七日間も来ないつもりですか）

13 はしきやし誰《た》が障《さ》ふるかも玉桙《たまほこ》の道見《みちみ》忘れて君が来《き》まさぬ（巻11・二三八〇）

（ああいったい誰が邪魔しているんだろう、あなたは通う道まで見忘れていらっしゃらない）

14 夕占《ゆふけ》にも今夜《こよひ》と告《の》らろわが背《せ》なは何《あぜ》そも今夜《こよひ》よしろ来《き》まさぬ（巻14・三四六九）

（夕占にも「今夜」と告げられたのに、あの人はどうして今夜も来てくださらないのか）

12は雨を口実にやって来ない男に対して、七日降ったらその間ずっと来ないつもりかと、相手の不実をなじり、激しい感情をぶつけている。男は雨の夜にも通うことがあったらしく、次のような歌もある。

巻向《まきむく》の穴師《あなし》の山に雲居《くもゐ》つつ雨は降れども濡れつつぞ来《こ》し（巻12・三一二六）
（巻向の穴師の山に雲がかかり、雨が降っているが濡れながらやって来た）

雨の夜に通うのは稀であったろうが、通うにしても通わないにしても、いずれにしても雨は口実となっている。13はこれまで通ってきた人が、通い路を忘れたかのように突然来なくなったことを、新たに恋人ができたと思って詠んだもの。二人の内どちらかの心が離れてしまえば両者の関係は終わってしまうので、ここでは「道見忘《みちみ》れて」と皮肉を込めて相手に訴え、呼び戻そうとしている。「夕占《ゆふけ》」とは夕方門前や道の交差する場所で道行く人の言葉を聞き、吉凶を占うことだが、14では占いの結果が「今夜来る」と出たので期待していたが現れなかったので恨んでいる。

このように、万葉集には通い婚の生活の中で詠まれた歌が多く見られる。それらは婚前の秘めた関係の中で詠まれたものや、結婚後もなお通い続けていて詠まれたものもあるが、その一つ一つについて何れであるか、はっきり区別できないものが大半を占めている。その内容も多様であるが、嘆きや恨み、怒り、不安、苛立《いらだ》ちといった心の陰りは、待つ側の歌に多く見受けられる。

待つ側はどのような場合でもひたすら待つだけで、自ら出向いて相手の心を確かめる手立てがなかったからである。いうまでもなく男女の関係は一方の心が離れてしまえば解消されてしまうわけで、二人が離れた生活では相手の態度や言葉に直《じか》に接することができないから、同居する場合に比べて相手の気持ちを察することが難しく、二人の関係は不安定であった。

そこで折に触れて互いの心を確かめるために歌がやり取りされ、生活に根づいたものとしてあった。つまり、歌は恋の生活の中で重要な働きをしているということだが、それだけに相手の心を捉えたり、あるいは探ったりするために、言い古された紋切り型の表現では伝わらないとなれば新たな表現を探し求め、時には奇抜であったりまた誇張することもあった。

以上、万葉の恋歌がどのような経過をたどって形作られ、恋の生活の中でどのように用いられていたかを見てきたが、ここでは恋の生活の大枠を示しただけで、細かいことには及んでいない。だが、当時の恋の生活の大まかな流れは示せたと思う。

「通い婚」の習俗のもとでは男女の結びつきは不安定であったから、絶えず互いの心を確かめ合う必要があったし、また離れかけた相手の心を引き戻すためにも歌のやり取りは不可欠であった。万葉集の恋歌が多種多様であるのも、歌が二人の関係を至福な状態に保つために重要な役割を担《にな》っていたからである。

死をめぐる歌

コメント

葬儀に参列した場合には今でも必ず「塩」が手渡されるが、それは死の穢れを祓い清めるためのものである。このように死は古来より一貫して穢れとされてきたし、また時代に関わりなく死は嘆き悲しまれてきた。この限りにおいては古代から現代まで変わらないように見えるが、実は死に対する考え（死生観）はずいぶん違っている。この古代の死生観は万葉の死にまつわる歌の状況を知るにはどうしても必要なので、ここではまずこの点を明らかにすることから始めよう。

およそ生あるものは総て死を運命づけられていて人もその内にあるが、死に対する考え方の違いによって死者の取り扱いも違ってくる。それは埋葬する際の儀礼に具体化されている。ただ歌は死の儀礼の場だけではなくそれ以外にも詠まれていて、大別すると死者の埋葬に先立って行われる儀礼に関わる歌と、折に触れて死者を偲ぶ系統のものとに分けられる。そこでこの二系統の歌の様相を基にして、万葉人が死をどのように受け止めていたかをみてみよう。

一、古代の死生観

現在では死の知らせを受けて深く悲しむことはあっても、死者が生き返ることもあり得ると思っている人はいないだろう。だが古代では生き返ることもあると考えていた。もちろんそれは数日以内のことであって、一定の期間が過ぎればもはや生き返ることはないというように、死は段階的に考えられていた。

このような古代の死に対する考え方は人に宿る〈魂《たま》〉と深く関係している。魂《たま》とは動植物や自然物などこの世のあらゆるものに霊的なものが宿っているというアニミズムに由来するもので、不可思議な超自然的な力をいう。現代の我々も漠然とではあっても霊的なものの存在を感じることがあるのは、なお心の奥深くにアニミズム的な感覚が潜んでいるからであろう。

死とは命が尽きることであることは古代でも現代でも変わらないが、古代では〈命〉は〈魂《たま》〉の状態に左右されると考えていたようだ。

たまきはる命絶えぬれ（巻5・九〇四）

たまきはる命は知らず（巻6・一〇四三）

「たまきはる」は枕詞であり、「命」の他に「ウチ」（内）や「ヨ」（世）等にもかかるが、「たまきはる」の「たま」は「魂」、「きはる」は〝尽きる〟〝極まる〟の意であるから、「たまきはる」とは「魂尽《たまき》はる」であり、これは魂が活力を失って衰弱した状態をいう。

魂は一定不変のものではなく、活力に満ちて旺盛なこともあれば逆に活力を失って衰弱するというように、盛衰するものと考えられていた。これが命の枕詞となっているのは命は魂の状態によって左右されるものだったからである。つまり、魂は不可思議な超自然的な力としてここでは命という生命活動を支えている。したがって、魂が活力に満ちていれば生命活動（命）も活発になり、魂が活力を失ってしまえば生命活動（命）も衰えてしまうので、魂が衰えると活力を与える必要があった。

そのためにさまざまなことが行われているが、その一つとして万葉の時代には「野遊び」が行われている。これは後に七草粥の行事となって現在に至っているが、この行事の中心は春の初め野に出て若菜を摘み、それを羹《あつもの》（スープ）にして食べることにある。これは、芽生えたばかりの若菜は生命力に満ち溢《あふ》れていたので、その若菜の魂の力を人の魂に取り込もうとした呪術の一種であった。

だが、同時に命あるものは何時かは死ぬことも分かっていて、古代では魂が極度に衰弱すると魂は身体から抜け出てしまい、生命活動〈命〉は一時停止すると思われていた。この状態が死の初期段階で、この段階では抜け出た魂を身体に戻し活力を与えれば、まだ生き返ること〈蘇生《そせい》〉もあり得ると思われていたために、〈魂ふり〉や〈魂呼ばい〉の呪術が行われている。〈魂ふり〉は衰弱した魂を刺激して活力を取り戻そうとするものであり、〈魂呼ばい〉は身体から抜け出した魂を元に戻すことで、共に生き返りを願う呪術である。ただ、生き返ることのできるのは三日から七日程度の間のことで、この期間を過ぎてしまうと、もはや如何なる手段を以てしても生き返ることはなかった。この状態で死は確定的なものとなる。いわば永遠の死である。

死の最終的な確定は死体が腐敗し、死臭を発することで確認されたようだ。というのは生き返ることが出来るとされた期間がほぼ三日から七日くらいの間と考えられているが、この幅《はば》は季節により腐敗の進行が大きく違うことによる。古代では死は極めて即物的なものであったといえよう。現在でも死後二十四時間過ぎないと火葬できないのは、僅かながらもこうした古代的な死の観念を受け継いでいるからであろう。

こうした古代的な死、段階的な死の様相を詠んだ歌がある。

玉櫛笥《たまくしげ》　少し開くに

①白雲《しらくも》の　箱より出でて　常世辺《とこよへ》に　たなびきぬれば
②立ち走り　叫《さけ》び袖振《そでふ》り　臥《こ》ひまろび　足ずりしつつ
③たちまちに　心消失《こころけう》せぬ
④若かりし　肌も皺《しわ》みぬ　黒かりし　髪も白《しら》けぬ
⑤ゆなゆなは　息《いき》さへ絶えて
⑥後《のち》つひに　命《いのち》死にける（巻9・一七四〇）

（玉櫛笥《たまくしげ》（箱）を少し開くと、①白雲が箱から出て常世の方に棚引《たなび》いていったので、②走りまわって大声で叫び袖を振り、転げ回って足ずりをしながら、③たちまちの内に意識を失ってしまった。④すると今まで若かった肌も皺だらけになってしまい、黒々としていた髪の毛も白くなってしまった。⑤やがて息も絶え、⑥その後ついに命も尽きてしまった。）

これは高橋虫麻呂《たかはしのむしまろ》が浦島伝説を詠んだ長歌の末尾で、おなじみの浦島太郎の話の原話ともいえるものである。

故郷に帰ってきた浦島は、そこには懐かしいわが家も里も見当たらないので不思議に思い、開けないようにといわれて渡された箱を開けてしまう。歌にはこの場面以降のことが詠まれている。「玉櫛笥《たまくしげ》」の「玉」は「魂《たま》」、「櫛笥」は櫛を入れる箱であるが、ここでは魂の入った箱をいう。箱から出てきた白雲は浦島の魂である。古代ではしばしば雲を魂の現れと見ている。「常世《とこよ》」とは、この話ではこの世の他にあると思われていた永遠の世界、不老不死の世界であった。

万葉集では常世を訪れた浦島が海神《わたつみ》の娘と出会い、幸せな結婚生活を送っていたが、ある日ふと故郷を思い出し一時帰郷することになった。その折り、海神《わたつみ》の娘はまた常世に戻ってくるならこの箱を開けてはならない、といって「玉櫛笥《たまくしげ》」（後の玉手箱）を渡すが、浦島は変わり果てた故郷を見て呆然《ぼうぜん》とし、約束を忘れて箱を開けてしまう。

①の白雲は、身体から抜け出した浦島の魂が常世へ去ってゆく様子を表している。それを知った浦島は②で「立ち走り　叫び袖振り」と、大声で叫んで袖を振っているが、これは抜け出てしまった魂を元の身体に戻そうとする〈魂呼ばい〉という招魂の呪術である。「臥《こ》ひまろび　足ずりしつつ」は激しい悲しみを表現している。『古事記』にはイザナミという女神が死んだ時に、イザナキという男神がイザナミの枕元や足下を這いまわって激しく泣いた（御枕方《みまくらへ》に匍匐《はらば》ひ、御足方《みあとへ》に匍匐《はらば》ひて哭《な》き）とある。この行為は死の儀礼として行われた悲しみの表現であるが、同時にこの激しい動作で死者の魂を揺り動かし、生き返らせようとしているらしい。おそらく浦島の場合もこの死の儀礼を基にした表現で、魂に活力を与えようと

する〈魂ふり〉の呪術とみなせる。通常は死の初期段階で近親者が生き返りを願って行うのだが、ここでは物語の展開の上から浦島自身が行っている。

魂が抜け出てしまった身体は抜け殻となってしまい、③のように心は消え失せてしまう。魂は命《いのち》の原動力だから、魂が抜け出てしまえばやがて生命活動（命）は停止してしまう。⑤の「息《いき》さへ絶えて」とはその状態をいう。さらにもはや魂が戻らないとなれば、⑥の「命死にける」のように死は確定的なものとなる。

現代人は、通常は息が絶えたり心臓が停止した段階で死と見なすが、古代ではまだ死の初期段階では生き返る可能性があると信じていたために、生き返ることはないと確認して始めて死は確定した。というようにここでは⑤⑥を段階的に描き、古代の死の様相を的確に表現している。

④は異質で、常世に渡り不老不死となった浦島はその魂を失ってしまったので、たちまちこの世の時間の中にさらされ、風船がしぼむように老い衰えてしまう。浦島伝説は『丹後国風土記《たんごのくにふどき》』にもみられる。ここでは浦島は常世で三年過ごしたが、この世では三百年経過していたと語られている。④は常世とこの世の時間の違いを表現したものである。

古代では、死の初期段階は死者を生き返らせるための〈魂ふり〉とか〈魂呼ばい〉という復活の呪術を行い、死が確定すると死霊をなだめ鎮めて安らかに死者の世界に送ろうとした。

そうしないと死霊（死者の魂）が荒れすさんで人々に祟《たた》り、災いをなすと恐れていたからである。この埋葬に先立って行われる儀式は内容は違っているが、死者を無事あの世に送るために行われる現在の葬儀に引き継がれている。こうした葬儀の流れを知った上で、次に古代の葬儀で詠まれた歌を見てみよう。

二、天智天皇の死をめぐる歌

天皇の聖躬不豫《みやまひ》したまひし時に、大后《おほきさき》の奉《たてまつ》れる御歌《みうた》一首

（天皇がご病気になられた時に、大后がさし上げられたお歌一首）

①天《あま》の原振《ふ》り放《さ》け見れば大君の御寿《みいのち》は長く天足《あまた》らしたり（巻2・一四七）

（広々とした空を振り仰いでみると、大君のお命は長く天空に満ち溢れております）

一書に曰く、近江天皇の聖躰不豫《みやまひ》したまひて、御病急《みやまひには》かなりし時に、大后《おほきさき》の奉《たてまつ》れる御歌《みうた》一首

（一書には、近江天皇（天智）が病気になられて危篤に陥られた時に、大后がさし上げられたお歌という）

②青旗《あをはた》の木幡《こはた》の上を通ふとは目には見れども直《ただ》に逢《あ》はぬかも（巻2・一四八）

（青々と茂った木幡山の上を天皇の御魂《みたま》が行き来なさると、目には見えるのだが、直《じか》にお

会いできないなあ）

天智天皇は天智十年（六七一）十月十七日に重病に陥り、時の皇太子（後の天武天皇）を呼んで後事を託している。①はその頃の作らしい。だが、天空に命が満ちているというのは何とも分かりにくいが、古代では雲は魂と考えられていたから立ち上る雲を天皇の魂とみて命（生命力）がみなぎっているというのかもしれない。ともあれ、実際は重病で魂が極度に衰弱した状態だからまったく逆である。

古代では言霊《ことだま》といって、言葉には霊的な力が宿り、言葉通りのことが実現されると信じられていたから、ここでは生命力が溢《あふ》れているといってその通りになるよう祈っている。言霊などというと何やら怪しげだと思う人もあるかもしれないが、現代でも結婚披露宴などでは別れる、割れる等の言葉は忌み言葉といって避けられている。それは新婚の夫婦に言葉の霊力が及んで不幸を招くことになると思われているからである。

このように古代では言葉の力によって現実を変えようとすることがしばしば行われている。呪文を唱えるのはその典型で、これは日常の言葉と違って特殊な言葉であった。歌も同様に日常の言葉ではなく特殊なものであったから、①のような歌は言霊信仰をもとにして詠まれたものであった。

②は題詞（歌の制作事情）によると、天皇が危篤に陥った時に詠まれたものという。天智天皇は天智十年（六七一）十二月三日に亡くなっているからその直前に詠まれたことになるが、通常は歌の内容から見て死後の作であろうといわれ、題詞と歌とは一致しないと考えられている。

天皇は近江大津宮《おおみおおつのみや》（琵琶湖の西岸、大津市）で亡くなり、山科《やましな》（京都市の東部）に埋葬されている。木幡は宇治市であり、山科からもおよそ七、八キロも離れている。この位置関係から見て近江の宮で詠まれたとすると天皇の魂が木幡山の辺りを行き来するというのはそぐわないと考えるからである。そこで遺骸を近江の宮から山科の仮設の宮に移した後に詠まれたとも想定されている。

天智天皇陵（京都市山科区）

そうだとしても埋葬地とは離れた木幡山の辺りを魂が彷徨《さまよ》っているというのはそぐわない。

ここでは試しに題詞の事情の通りに読んでみよう。木幡は平安朝には藤原氏一族の墓所となっている。記録にはないがこの辺りはそれ以前からこの世と死後の世界の境、冥界《めいかい》への入口のような場所として知られていたのかもしれない。身体を抜け出た魂がそこを越えて冥界に入ってしまえばもはや戻ることはできないが、その辺りに留まっているのは元の身体に呼び戻すことが可能な状態である。そこで②の歌は、魂の在処《ありか》を知って呼び戻そうとする、いわゆる〈魂呼ばい〉の歌とすると無理なく理解できる。通常〈魂呼ばい〉は死の初期段階の儀礼だが、危篤の時は魂が極度に衰弱した状態だから、この場合は身体から抜け出して木幡山の辺りを行き来していると知覚したらしい。

天皇の崩《かむあが》りましし後の時に、倭大后《やまとのおほきさき》の作りませる御歌一首

（天皇が亡くなられた後に、倭大后が作られたお歌一首）

③人はよし思ひ止《や》むとも玉かづら影に見えつつ忘らえぬかも（巻2・一四九）

（たとえ人は悲しみの止むことがあろうとも、絶えず君の面影が見えて忘れられないなあ）

天皇の崩《かむあが》りましし時に、婦人《をみなめ》の作れる歌一首

（天皇が亡くなられた後に、婦人が作った歌一首）

④うつせみし　神に堪《あ》へねば　離《はな》れ居《ゐ》て　朝嘆く君　放《さか》りゐ《ゐ》て　我《あ》が恋ふる君　玉ならば　手に巻き持ちて　衣《きぬ》ならば　脱《ぬ》ぐ時もなく　我が恋ふる　君そ昨《きぞ》の夜《よ》　夢《いめ》に見えつる（巻2・一五〇）

（この世の人は神の力に逆らえないので、こうして離れていて朝嘆き慕う君、お側を離れて恋い慕う君よ、もし玉であったら手に巻き持って、衣であったならば脱ぐ時もなく身につけていようと、それ程に恋い慕っている君が、昨夜夢に見えました）

③④は題詞によれば天皇が亡くなった時の歌である。先に見てきたように、古代では死は段階的に考えられていて、死の初期段階ではまだ生き返る可能性があったのでこの時期には〈魂ふり〉とか〈魂呼ばい〉という復活させるための呪術が行われた。だが、一定の期間が過ぎてもはや生き返ることはないと分かると、天皇の場合は殯宮《あらきのみや》という死者を安置する特設の建物に移され、ここで埋葬までの間さまざまな儀礼が行われた。天智天皇は十二月三日に亡くなり十一日に殯宮に安置されているので、③④は三日～十一日の間、〈魂ふり〉や〈魂呼ばい〉の行われる期間に詠まれたものであろう。

③は面影に現れて忘れられないといって亡き君を恋い慕っている。古代では「影」は魂とも思われていた。といっても信じがたいかもしれないが、鏡はカゲミ（影見）であり、もの

の魂を映し出すものであったから特に大切にされていて、単なる道具ではなかったといえば納得できよう。また、近年まで写真を撮られることを嫌う人がいたが、それは魂を抜かれると思っていたからである。つまり影は魂でもあり、面影に浮かぶのは亡き人の魂がまだこの世に留まっていると分かったから、ここでは決して忘れられないといってその切なる思いを訴え、魂を呼び戻そうとしているらしい。

④の「婦人《をみなめ》」は身近に仕えていた女官であろう。大君の死を嘆き悲しみ、恋い慕っていると夢に現れたというもの。古代では夢に現れるのは相手の魂であったから、この歌でも亡き大君の魂が夢に見えたことで、③と同様に大君の魂がこの世に留まっていることを知り、お側を離れがたく恋しいといって呼び戻そうとしたのだろう。③④は〈魂呼ばい〉の呪術を背景として詠まれた復活を祈る歌であろう。ただ、③④も死者を哀悼する歌であり、これらは死の初期段階で詠まれたという歌の場の中に置いて注意深く詠まないと、本質的なことは分からない。この種の歌はとりわけどのような状況のもとで詠まれたかという歌の場が大きな意味を持つことになる。この点は次も同様である。

天皇の大殯《おほあらき》の時の歌二首

⑤かからむとかねて知りせば大御船《おほみふね》泊《は》てし泊《とまり》に標結《しめゆ》はましを　額田王《ぬかたのおほきみ》

（このようになるとあらかじめ分かっていたら大君の船が停泊した港にしめ縄を張って船が出ないようにしたものを）（巻2・一五一）

⑥やすみししわご大君の大御船《おほみふね》待ちか恋ふらむ志賀の唐崎《からさき》　舎人吉年《とねりのきね》（巻2・一五二）

（〈やすみしし〉わが大君の御船を待ち焦がれていることであろうか、滋賀の唐崎は）

大殯《おおあらき》は殯宮《あらきのみや》と同じで、もはや生き返ることはないと分かると遺骸をここに移し、埋葬までの間に死霊を鎮めるための儀礼が行われた。死者の魂は大切に扱わないと時には荒れすさんで祟《たた》ることもあったので死霊として恐れられたからである。そこで災いを避けるために死霊をなだめ、鎮める必要があった。

『令義解《りょうのぎげ》』という古代の法律の注釈書によると、古くは「遊部《あそびべ》」という葬儀のことを司《つかさど》る一族が殯宮に仕え、死霊を鎮める任務に当たっていたとある。そこでは特殊な「辞《ことば》」が唱えられたが、秘儀であり、この一族は万葉の時代以前に絶えてしまったようなのでどうなってしまったか分からない。ただ死霊を鎮める儀礼は重要なので何らかの形で受け継がれていたろう。⑤⑥の歌も死霊を鎮める儀礼の行われた折りに詠まれたものであろう。⑤の作者額田王や

⑥の舎人吉年は天皇の身辺に仕えた女官として殯宮でこれらの歌を詠んでいる。これらはかって天皇が大宮人を伴って、大津宮の近くの景勝地唐崎で船遊びを楽しんだことをもとにして詠まれている。⑤はこうなると（天皇の死）分かっていたら大御船（天皇の船）を港からでないようにすべきであったというのだが、これはあらかじめ死期が分かっていたら、手を尽くしてこの世に引き留めることができたのにとの意で、そうならなかったことを悔やんでいる。⑥は唐崎を擬人化し、大御船を恋い慕って待ち続けているといって亡き天皇を偲ぶもの。生前の思い出深い光景を持ち出して死者を偲び、その死を悼むことで死者の魂を鎮めようとした。

大后の御歌一首

⑦鯨魚取《いさなと》り　近江《あふみ》の海を　沖放《おきさ》けて　漕《こ》ぎ来《く》る船　辺付《へつ》きて　漕《こ》ぎ来《く》る船　沖《おき》つ
櫂《かい》　いたくな撥《は》ねそ　辺《へ》つ櫂《かい》　いたくな撥《は》ねそ　若草の　夫《つま》の　思う鳥立つ

（巻2・一五三）

（〔いさなとり〕近江の海を沖辺遥かに漕いでくる船よ、岸辺近く漕いでくる船よ、沖の船の櫂でひどく波を立てないでおくれ、岸辺の船もひどく波を立てないでおくれ、夫が愛《いと》しんだ鳥が驚いて飛び去ってしまわないように）

石川夫人《いしかはのぶにん》の歌一首

⑧ささ浪の大山守《おほやまもり》は誰《た》がためか山に標結《しめゆ》ふ君もあらなくに（巻2・一五四）

（ささなみの）御山の番人は誰のために山に注連縄《しめなわ》を張るのか、今はもう領有されていた大君はこの世にはいらっしゃらないのに）

⑦⑧は⑤⑥と同様「大殯《おほあらき》の時」の歌だが、⑤⑥とは別に詠まれたものであろう。⑦は広々《いと》とした琵琶湖の沖辺と岸近くをこちらに向かって漕いでくる船に対して、生前夫君が愛しんだ鳥が飛び去ってしまわないよう呼びかけたもの。古代では死者の魂は鳥となって飛び立つとも思われていた。湖上に浮かぶ水鳥は生前天皇が愛でた鳥であり、大后は天皇遺愛の鳥が飛び去ってしまうのは耐え難かったのだ。この歌には湖上の風景だけが詠まれているが、その風景を通して亡き夫君を偲ぶ大后の深い悲しみが滲《にじ》み出ている。

⑧は天皇の領有する山を守る番人が注連縄《しめなわ》を張り巡らしたとて、夫君亡き今となっては虚しいといって嘆き悲しむもの。大殯《おほあらき》の歌はもはや生き返ることはないと知った上で死者を悼むもので、そのことが死霊を鎮めることになっている。これらにしめやかな情感が漂っているのもその為であろう。

当時殯宮内に大后を始め天皇の身近に仕えた女性たちが籠もるのは習わしであり、殯宮は厳重に警護されていて他の者は近づけなかったようだから、女性たちの歌は殯宮という閉じられた空間の中でしめやかに誦詠《しょうえい》（声に出してうたう）されたらしい。この四首は同じ場で誦詠されたという見方もあるが、歌の配列からみて⑤⑥と⑦⑧とは別であろう。

殯宮の期間は決まっていないが長期に及ぶのが普通であり、その間女性たちは交替で籠もっていたと想定できる。具体的なことは分からないが、その間に死者の霊を鎮める儀礼が繰り返されたろうから、その折りに歌も誦詠されたと思われる。

山科の御陵《みはか》より退《まか》り散《あら》けし時に、額田王の作れる歌一首

（山科の御陵から退散した時に、額田王が作った歌一首）

⑨やすみしし　わご大君の　かしこきや　御陵仕《みはかつか》ふる　山科の　鏡の山に　夜《よる》はも　夜《よ》のことごと　昼《ひる》はも　日《ひ》のことごと　哭《ね》のみを　泣きつつ在《あ》りてや　ももしきの　大宮人《おほみやびと》は　去《ゆ》き別れなむ（巻2・一五五）

〔やすみしし〕わが大君の畏れ多い御陵として、お仕えする山科の鏡の山で、夜は夜通し、昼も一日中声を上げて泣き続け、今はもう大宮人はそれぞれに別れて立ち去ってゆくのであろうか）

天智天皇の埋葬は記録になく、詳しいことは分からない。だが、天皇の没した翌年（六七二）には、天皇の子の大友皇子《おおとものみこ》と天皇の弟の大海人皇子《おおあまのみこ》（後の天武天皇）との間で皇位継承をめぐる戦いが始まっているから（壬申《じんしん》の乱）、六月以前に御陵も未完成のまま埋葬されたようだ。

埋葬時には近江朝の官人たちは墓所に詣でて最後の別れをしたろう。それらの中に大后や夫人をはじめ天皇の身近に仕えた女官たち、いわゆる内廷《ないてい》（天皇の私生活を取り仕切るところ）の女性たちの一団もあった。⑨はその時に内廷の女性たちを代表して御陵で誦詠したものだろう。主君を失った内廷の女性たちはもはや宮廷を去らねばならなかったから、改めて亡き主君を偲び、悲しみにくれて御陵を退散した。

実は万葉集では死にまつわる歌は「挽歌《ばんか》」という部立《ぶだて》に分類されている。しかもこの歌群（①〜⑨）は、重病（危篤）の時、亡くなった時（崩御《ほうぎょ》）、大殯《おほあらき》の時（殯宮）、埋葬の時と、葬儀の儀礼が総て見られる唯一のものである。そればかりでなく、挽歌という死にまつわる歌が宮廷の奥深く、天皇の身近に仕える女性たちによって詠まれていることにも注意しよう。というのは、その後殯宮で詠まれた歌（殯宮挽歌《ひんきゅうばんか》という）は各種の儀礼歌を詠んだ中、下級官人（通常「宮廷歌人」という）が詠むようになると同時に、その内容も生前の事績などを取り入れて長大なものになっているからである。

殯宮挽歌が長大になったのは、殯宮で奏上《そうじょう》（申し上げる）された「誄《しのひこと》」（弔辞）の影響によるものだろう。「誄《しのひこと》」の奏上は中国の儀礼を取り入れたもので、生前の事績を称え、その死を哀悼するものである。この儀礼は以前から行われていたようだが、天智天皇の後に即位した天武天皇の殯宮では、他の儀礼と共に各役所や各国の代表者が代わる代わる「誄《しのひこと》」を奏上するという盛大なものであったので、特にその後の殯宮挽歌に強く影響している。

このように殯宮で詠まれた挽歌が、死者の身辺の女性たちから男の歌人（宮廷歌人）たちによって詠まれるようになって歌の内容も大きく変わっている。死者を哀悼し、その魂を鎮めるという点では変わらないが、女性たちの歌が概して呪術的で、内輪の者たちによるしめやかなものであるのに対し、男の歌人のものは、今でも行われている弔辞のように生前の事績を称えるものとなり、外廷《がいてい》（天皇の政務を行うところ）の官人も加わってより広範囲の人々が死者を悼む内容となっている。

ただ、大化改新の詔により、王《おおきみ》以下の者は殯宮を作ることは禁止され、天皇・皇后・皇子（女）などのごく限られた者だけにしか許されなかったから、天智天皇以降の殯宮挽歌は天武天皇の皇子（女）のものだけで、短期間の内に姿を消してしまった。

三、二系統の死をめぐる歌

殯宮挽歌はごく限られた貴人のためのものであったが、死霊は鎮める必要があったのでその他にも多くの歌がみられる。

柿本朝臣人麿《かきのもとのあそみひとまろ》の香具山《かぐやま》の屍《かばね》を見て悲慟《かなし》びて作れる歌一首

（柿本朝臣人麿が香具山の死骸を見て悲しんで作った歌一首）

草枕《くさまくら》旅の宿《やど》りに誰《た》が夫《つま》か国忘れたる家《いへ》待たまくに（巻3・四二六）

（〔草を枕の〕旅の仮寝で、誰の夫なのか、故郷に帰るのを忘れて横たわっている。故郷の家では妻が待っているだろうに）

『続日本紀《しょくにほんぎ》』という歴史書には、都造りに駆《か》り出《だ》された人々（役民《えきみん》）が帰郷の途中で食料が尽きてしまい、飢え死にするものが多いと記されている。柿本人麿が見た死骸は飢え死にか病死か分からないが、いずれにしても不慮の死（横死《おうし》）にあった者は無念の思いを残したままであったから、悪霊となって人に祟《たた》るものとして恐れられた。

こうした死霊に出会った人麿は、故郷では妻が帰りを待ちわびているのにといって不慮の死を悼み、死霊を鎮めようとしている。状況は違うが次も同じく異常死であろう。

土形娘子《ひぢかたをとめ》を泊瀬《はつせ》の山に火葬《やきはふ》りし時に、柿本朝臣人麿の作れる歌一首

（土形娘子を泊瀬の山で火葬した時に、柿本朝臣人麿が作った歌一首）

隠口《こもりく》の泊瀬《はつせ》の山の山の際《ま》にいさよふ雲は妹《いも》にかもあらむ（巻3・四二八）

（「こもりくの」泊瀬の山の、山の間に漂っている雲は土形娘子であろうか）

土形娘子は伝未詳だが、遠江国《とおとうみのくに》（静岡県西部）出身の采女《うねめ》であったかもしれない。采女《うねめ》は郡司《ぐんじ》（地方の官人）に任命された地方豪族の娘の内、十三歳から三十歳までの者が選ばれ、宮中で炊事や食事などの世話に当たった。そうだとすると若くして不慮の死を遂げたことになる。死因は分からないが、采女の恋愛は許されなかったからその種の事件に関わり自殺するなど、彼女が異常死であったことは間違いない。彼女は采女でなかったにしても下級の女官であったことは間違いないからその死はほぼ同様であったろう。

火葬は文武四年（七〇〇）に没した僧道照《どうしょう》に始まるといわれ、大宝二年（七〇二）には持統天皇も火葬されている。土形娘子の死はその数年後と推定できるので、当時としてはまだ異例のことだったろう。山の間に漂う雲は火葬の煙をいうらしいが、当時雲は魂とも見られていたから、雲に娘子の魂を見た人麿は若くして亡くなった彼女を哀れみ悼んでこの歌を詠んでいる。

「妹《いも》にかもあらむ」の「妹《いも》」とは、当時男の側から妻や恋人を親しみを込めて呼ぶ言葉であった。人麿は土形娘子を「妹《いも》」と呼べる関係にはなかったろうが、ここでは「妹《いも》」と呼ぶことで、恋人（夫）の立場から娘子の死を悼んでいる。人麿は皇子（女）の殯宮挽歌を詠むなど当時歌詠みとして広く知られていたから、ここでも娘子の関係者から求められたのであろう。彼女は異常死であったためその霊魂を鎮めるために特別に扱われたようだ。

万葉集の死にまつわる歌は葬儀の過程で詠まれたり、そうでなくとも死霊を鎮めるために詠まれたことはみてきた通りだが、こうした系統とは別に折に触れて死者を偲び、哀惜する系統の歌もある。

　但馬皇女《たぢまのひめみこ》の薨《みまか》りましし後に、穂積皇子《ほづみのみこ》の冬の日雪の降るに、遙かに御墓《みはか》を望み、悲傷《かなし》み涕《なみた》を流して作りませる御歌一首

　（但馬皇女が亡くなられた後に、穂積皇子が冬の日雪の降る時に遙かにお墓を見て悲しみ、涙を流して作られたお歌一首）

降る雪はあはにな降りそ吉隠《よなばり》の猪養《ゐかひ》の岡《をか》の寒《さむ》からまくに（巻2・二〇三）

（降る雪よたくさん降らないでくれ、吉隠《よなばり》の猪養《いがい》の岡（そこに眠る皇女）が寒いだろうから）

但馬皇女《たじまのひめみこ》と穂積皇子《ほづみのみこ》は共に天武天皇の子で、異母兄妹であったが、但馬皇女は穂積皇子を

深く恋い慕っていた。当時異母兄妹は結婚を許されていたのでそれ自体は何ら問題はなかったが、その時彼女は同じく異母兄である時の太政大臣高市皇子《だじょうだいじんたけちのみこ》の宮に身を寄せていた（妻の一人であったか）から、二人のことはたちまち狭い宮廷内に知れ渡ってしまった。だが、彼女はやかましい噂など無視して穂積皇子への直向《ひたむ》きな思いを歌に託した（巻2・一一四〜一一六）。ところが世間に気兼《きが》ねしてか、穂積皇子は但馬皇女の思いに応《こた》えていない。情熱的、積極的な但馬皇女に対して、穂積皇子はきわめて消極的でその心の内を明かさなかったようだ。

穂積皇子が始めて但馬皇女への思いを明かしたのは、彼女の死後右の歌においてである。この歌は但馬皇女が亡くなった年（和銅元年〈七〇八〉六月）の冬に詠まれたものだろう。すでに高市皇子は持統十年（六九六）七月に亡くなっているので、二人のことが宮廷内でとやかく噂されたのは十二年以上も前のことになる。高市皇子の死後二人がどのような関係にあったか分からないが、穂積皇子は但馬皇女への思いを深く胸に秘めたまま時を過ごし、彼女の死後始めてその思いを口にしたことになる。

彼女が埋葬された「吉隠《よなばり》の猪養《いがい》の岡」は奈良県桜井市吉隠の東北の山腹辺りに推定されている。この辺りは藤原京からも望見できるらしい。穂積皇子は雪の降る冬の日、遥か彼方の山間にある墓を見つめながら、そこに眠る彼女が寒かろうと涙して独り静かに彼女を偲んでいる。彼は十数年もの間彼女への深い思いを胸に秘めたまま過ごしてきたらしい。

このように、折に触れて故人を偲び哀惜する歌は、呪術的傾向の強い伝統的な歌とは別系統のものであることは明らかであろう。それは次の歌によっていっそうはっきり確認できる。

①帰るべく時はなりけり都にて誰《た》が手本《たもと》をか我《あ》が枕《まくら》かむ（巻3・四三九）

（いよいよ帰京の時が来たなあ、だが京に帰ったとていったい誰の手を枕にしよう〈愛しい妻はもうこの世にいないのに〉）

②我妹子《わぎもこ》が見し鞆《とも》の浦のむろの木は常世《とこよ》にあれど見《み》し人そなき（巻3・四四六）

（愛しい妻が往路で見た鞆の浦のむろの木は、こうして変わらずあるのに、これを見た妻は今はもういない）

③妹《いも》と来《こ》し敏馬《みぬめ》の崎を帰るさにひとりし見れば涙ぐましも（巻3・四四九）

（妻と共に来た敏馬《みぬめ》の浦を帰りがけに独りで見ると、思わず涙ぐんでしまう）

④妹《いも》としてふたり作りし我が山斎《しま》は木高《こだか》く茂くなりにけるかも（巻3・四五二）

（妻と二人で造ったわが家の庭園は、木も高く伸び鬱蒼《うっそう》と茂ってしまったなあ）

大宰帥《だざいのそち》（長官）大伴旅人は赴任して間もなく同伴した妻を任地で亡くしてしまう。数年後大納言に昇進し帰京することになるが、①〜④はその途上で故人を偲んで詠んだものの一部である。

①はいよいよ帰京しようとする時の作で、帰京の喜びとは裏腹に京での妻のいない空虚な生活を思い、故人を偲ぶもの。②③は瀬戸内海を船で上京する時の作。②は鞆の浦（福山市）の港に立ち寄り、往路に妻と一緒に眺めたむろの木がそのまま変わらずあるのを見て、あらためて妻の死を嘆き、③では敏馬《みぬめ》の崎（神戸市灘区）にさしかかると、往路では共にこの眺めを楽しんだことを思い出し、妻を失った寂しさを噛み締めている。④は故郷の家（平城京）に帰り、生い茂った庭園の木立を見るにつけ、時が二人を隔ててしまったことを知り、亡き妻を偲んでいる。

これらは思い出に出会う折りごとに故人を偲び、取り残されたわが身の孤独を思うもので、しっとりとした情感溢《あふ》れたものとなっているが、この種の系統の歌が伝統的な呪術的傾向の歌と違って見えるのは、葬儀の場とは関わりなく随時随所で詠まれたからであろう。

死をめぐる二系統の歌は万葉の時代を通して読み継がれているが、やがて次の平安朝になると二つの系統を部分的に受け継ぎながら、新たに「哀傷歌」として読み継がれている。

四、死の物語化

最後にどうしても紹介したい歌がある。妻の死を悲しむ歌だから特別なものではないが、後に詳しく説明するように人麿ならではの特徴が見られるのでここで取り上げてみよう。

柿本朝臣人麿《かきのもとのあそみひとまろ》、妻の死《みまか》りし後に泣血哀慟《きふけつあいどう》して作れる歌并せて短歌

（柿本朝臣人麿が妻の亡くなった後に泣き悲しんで作った歌と短歌）

1 天飛《あまと》ぶや　軽《かる》の道は　（〔天飛ぶや〕軽の地は）
2 我妹子《わぎもこ》が　里にしあれば　（わが妻の住む里なので）
3 ねもころに　見《み》まく欲《ほ》しけど　（よくよく見たいのだが）
4 止《や》まず行《ゆ》かば　人目《ひとめ》を多《おほ》み　（絶えず行ったら人目につくし）
5 数多《まねく》行《ゆ》かば　人知《ひとし》りぬべみ　（たびたび行ったら人に知られてしまうから）
6 さねかづら　後《のち》も逢《あ》はむと　（さねかづらのように後に逢おうと）
7 大船《おほぶね》の　思ひ頼《たの》みて　（大船に乗った気持ちで将来を頼みにして）
8 玉かぎる　磐垣淵《いはかきふち》の　（〔玉かぎる〕岩に囲まれた淵のように）
9 隠りのみ　恋ひつつあるに　（静かに心の中で恋い慕っていると）
10 渡《わた》る日の　暮《く》れぬるがごと　（大空を渡る日が沈んで行くように）
11 照《て》る月の　雲隠《くもがく》るごと　（照り輝く月が雲に隠れるように）
12 沖《おき》つ藻《も》の　靡《なび》きし妹《いも》は　（沖の藻がしなやかに靡くように私に靡き寄った妻は）

13 もみぢ葉の　過《す》ぎて去《い》にきと　（モミジの葉が散るように亡くなってしまったと）

14 玉梓《たまづさ》の　使《つかひ》の言《い》へば　（〔玉梓の〕使いの者が言うので）

15 梓弓《あづさゆみ》　音に聞きて　（〔梓弓〕その知らせを聞いて）

16 言《い》はむすべ　せむすべ知《し》らに　（さし当たって何と言ったらよいのか、どうすればよいのかも分からず）

17 声《おと》のみを　聞きてあり得《え》ねば　（そうかといって、知らせを聞いたままでもいられないので）

18 我《あ》が恋《こ》ふる　千重《ちへ》の一重《ひとへ》も　（恋しい思いの千に一つでも）

19 慰《なぐさ》もる　心もありやと　（慰むこともあろうかと）

20 我妹子《わぎもこ》が　止《や》まず出《い》で見《み》し　（わが妻がよく出て見ていた）

21 軽《かる》の市に　わが立ち聞けば　（軽の市に出かけて耳を澄ませても）

22 玉だすき　畝傍《うねび》の山に　（愛しい妻の声はもとより〔玉だすき〕畝傍の山で）

23 鳴く鳥の　声《こゑ》も聞こえず　（鳴く鳥の声さえも聞こえず）

24 玉桙《たまほこ》の　道《みち》行《ゆ》く人も　（〔玉桙の〕道を行く人も）

25 一人だに　似《に》てし行《ゆ》かねば　（一人として妻に似た人もいないので）

26 すべをなみ　妹《いも》が名《な》呼《よ》びて　袖《そで》そ振《ふ》りつる　（巻2・二〇七）

（もうどうしようもなくて、妻の名を叫んで袖を振ったことだ）

短歌二首

秋山《あきやま》の黄葉《もみち》を茂《しげ》み迷《まと》ひぬる妹《いも》を求めむ山道《やまぢ》知らずも（巻2・二〇八）

（秋の山のモミジが茂っているので、その山に迷い込んでしまった妻を捜しに行く道が分からない）

もみぢ葉の散りゆくなへに玉梓《たまづさ》の使《つかひ》を見れば逢《あ》ひし日思《おも》ほゆ（巻2・二〇九）

（モミジが散っている折に〔玉梓の〕使いを見かけると、思わず妻と過ごした日のことが思い出される）

長歌は愛《いと》しい妻の死を知って嘆き悲しむ男の様子を詠んだものである。まず12で愛しい妻は軽《かる》に住んでいたという。「軽《かる》」は藤原宮の南西（奈良県橿原市大軽付近）で、南北に「下《しも》つ道《みち》」といわれる幹線道路が通っていた。そこには市《いち》が開かれたから二人はそこで知り合ったのだろう。ただ、当時の結婚は親の許しを得て初めて正式に承認されることになっていたので、二人はまだ人目を忍ぶ内密の関係のままであった。

34は男が燃え盛る思いを堪《こら》えて人目を避けている様子だが、それは5〜9に見られるように、今は思い通りに逢えなくてもやがて二人は正式に一緒になれると確信していたからである。ここでは枕詞や序詞が効果的に用いられている。6の「さねかづら」は、枝分かれした蔓《つる》が伸びてやがて絡《から》み合うさまを譬喩《ひゆ》として、将来の二人の関係が確実なものであることを示しているし、7の「大船《おほぶね》の」は二人の関係に変化が起こることはあり得ないと安心しきっていた様子を表している。また8の「玉かぎる　磐垣淵《いはかきふち》の」は岩に囲まれたほの暗い淵の情景であり、この情景は人目を忍んで隠《こも》っている状態を具体的にイメージしている。こうした表現は序詞《じょことば》といわれ、万葉集には多くみられる。

ここまでは以下のような状況の説明で

畝傍山（奈良県橿原市）。軽の市は畝傍山の手前、橿原市大軽町辺りにあった。

ある。ある男が軽で知り合った女性と親密な関係を持ち、密《ひそ》かに女性のもとに通うようになるが、人目を忍んで思うようには逢えなかった。それでも男はやがて親の許しを得て正式に結婚できると信じて疑わなかったので、募《つの》る思いを抑《おさ》えながら明るい将来を夢に描いていたというもの。

　ところがこの状況は以下の11〜14で一変してしまう。ある日使いが妻の死を知らせに来たからである。この場面でも枕詞が効果的である。12の「沖《おき》つ藻《も》の」は、海中の藻が波に揺られてしなやかに靡く情景を用いて女性の靡き寄るさまをイメージし、13の「もみぢ葉の（過《す》ぎ）」ではモミジの散り乱れる光景が死を暗示している。

　二人が将来正式に結ばれると信じて疑わなかっただけに死の知らせを受けた時の衝撃は大きい。その有様は15 16に見られるが、16の「言《い》はむすべ　せむすべ知《し》らに」は我を忘れて呆然《ぼうぜん》と立ちつくすさまであり、衝撃の深さをよく伝えている。

　以下、17〜21はいたたまれずに彼女の縁《よすが》を求めて軽《かる》の市《いち》に飛び出していく場面である。22 23は畝傍山《うねびやま》で鳴く鳥の声も聞こえないということだが、「声も」の「も」は言うまでもなく愛しい妻の声は聞こえないのだが、悲しみを堪《こら》えきれない私には鳥の声も聞こえないということである。これまでは軽の里に来れば妻の声を耳にしたのに、今はその声さえも聞こえて来ないということである。

そこで24 25ではせめて妻と似た人でもと思い、辺りを見回してみても一人として見かけないので、ついに思い余って妻の名を呼び、袖を振ったという。この26は現代の我々にはもっとも分かりにくい部分である。ここはクライマックスの場面だから改めて古代の状況に即して考えてみよう。

当時女性は特別に親密な関係にならない限り男に名を明かすことはなかったから、男がそれを口にすれば二人の内密な関係が世間に知られてしまうことになりかねないのだが、悲しみ極まった男はその危険を冒してあえて妻の名を呼び、その魂を呼び戻そうとしている。名にはその人の魂が宿り本人そのものと考えられていたようだから、名を呼ぶ行為はその人の魂を招き寄せる呪術であったと考えられる。

『日本書紀』には、オオサザキの命（後の仁徳天皇）が弟のウジノワキイラツコの死を知って駆《か》けつけ、髪を解き遺体に跨《またが》って「我《あ》が弟《をと》の皇子《みこ》」と三度呼ぶとたちまち生き返った（仁徳天皇即位前紀）とある。ここでの名を呼ぶ行為は招魂の呪術として行われたものであることから見て、26の場面も同様にみなせる。

また、袖を振る行為は先に取り上げた浦島の歌（二二六頁）にも見られるように明らかに招魂の呪術である。したがって26の「妹《いも》が名《な》呼《よ》びて」は妻の名を絶叫したのであり、「袖そ振りつる」は必死になって袖を振っているとみてよいから、ここではいたたまれないほどの悲しみを全身に表して妻の魂を呼び戻そうとしているわけで、この姿は題詞《だいし》（歌の制作事情）にいう「泣血哀慟《きふけつあいどう》」（血の涙を流して身悶えして嘆き悲しむ）そのものである。

一方短歌では長歌に見られる激情は静まり、妻の死を静かに受け止めている。一首目に妻は山中に迷い込んだとあるが、この山中は他界を意味している。仏教が入ってくると他界は「～浄土」という想像を超えた彼方の世界になってしまうが、それ以前の他界は海の彼方や山中などであった。山中は最も身近な場所で、そこに行く道が分からないというのは、妻は黄泉《よみ》の国（死後の世界）に行ってしまったのでこの世の私にはもはやどうすることも出来ないとの意で、妻の死を事実として受入れしみじみと亡き妻を偲ぶものである。

また、万葉の時代には男女間の連絡は使いを介《かい》して行われていた。二首目はその使いを見かけると思わず幸せだった往時が偲ばれるというもの。一首目で自分の手の届かない所に行ってしまった妻を偲び、二首目は生前の妻との日々を回想するというように、ここでは妻の死後と生前とが対比的に詠まれている。

このように見てくると長歌は妻の死を知った直後の動揺、錯乱のさまが顕《あら》わであるが、短歌になると妻を偲び、回想するというように、長歌と短歌の間にはかなりの時間の経過が見られる。確かに身近な者の死を事実として受け入れるためにはそれなりの時間がかかるから、この事自体はごく自然の流れなのだが、ここではその内容ではなく長歌と短歌の構成に注目してみよう。というのは、万葉集の挽歌《ばんか》（人の死を悼む歌）には死の直後の歌と偲び、回想する歌とを一組の長歌・短歌で構成したものが他に見当たらないからである。

おそらく人麿の歌は宮廷の人々に示すために物語的に構成されたものであろう。この点は古代の葬儀の過程と照らし合わせてみるとはっきりする。古代の葬儀は①魂振《たまふ》り、魂呼《たまよ》ばいという復活の儀礼、②死者を死の世界に送り出す魂鎮《たましず》めの儀礼、③埋葬の儀礼の三段階に分けられる。仮に長歌・短歌を①〜③と照らし合わせてみると、長歌は①の魂呼ばいの期間と対応するが、短歌は何処にも対応しない。埋葬後に詠まれたものだからである。埋葬の場で埋葬後の歌が詠まれることはあり得ないし、人麿が単に故人を偲んで詠んだものとすれば短歌だけで間に合う。

また、長歌の前半部は男（歌の中の「我」）が愛しい妻と逢えない事情の説明であり、これは男には自明のことだから、聞き手（第三者）を前提としたものでなければあえて説明する必要はない。この部分は明らかに聞き手（第三者）を意識したものであろう。要するに内容や構成から見て人麿の歌は当初から宮廷の人々（聞き手）に詠み・聞かせるために物語的に構成されたものとみるのが自然である。

ただ、見かけの上では作者人麿のモノローグ（独白）のようになっているので、それが見えにくくなっているのだが、物語を歌に詠むことは既に古代の長歌謡に見られるから、人麿の歌はこの歌謡の伝統を基にして新たに作り替えたものといえよう。長歌・短歌という構成も歌謡にはない新しい形式であり、名もない庶民を物語化した点もこれ以前にはなかったことで、形式と内容の両面にわたって一新した歌として人麿の歌は特異なものとなっている。

エピローグ——歌の生活を振り返って——

ここでは万葉集をより身近なものとして楽しむために、歌を取りまく状況（環境）を重視して出来るだけ生活に密着した形で当時の歌を読み進めてきた。その際、万葉集はほぼ一〇〇年ほどの間の歌を集めたものであることと、万葉集の歌の大半は宴の歌、旅の歌、恋の歌、死の歌に類別できることから種別ごとにそれぞれの歌の変化の過程をたどってきたが、そうすることで個々の歌の世界を親しみながら、同時に万葉集の大きな流れを知ることが出来ると考えたからである。具体的には見てきた通りであるが、果たして意図した通りであったか否かについては読者の判断に委《ゆだ》ねる他ない。ここで改めて全体を見渡した上でいくつかの点を補っておきたい。

宮廷での公式な場の歌の場合、君と臣、また臣下では官職や位階による身分の違いによってそれぞれの立場が決まっているので、歌も各自の立場を弁《わきま》えた規範通りのものが多くみられる。階級社会では秩序と規範に沿って行動することが求められ、そうすることで宮仕《みやづか》えの場での人間関係が円滑に保たれることになるから、これは当然のことだろう。特に宮廷の宴の歌にはこの傾向が強く表れている。

だが、何時の時代でもそうだが、人は襟を正してばかりもいられないから時には緊張から解放されてくつろぐ場も必要になってくる。官人の宴はそうした場の一つとなっている。これは「思ふどち」（親しい仲間たち）の集いであり、その場で詠まれた歌は四季折々の風物を愛で楽しむものであった。彼等は日常を忘れて親しい仲間と風雅な世界に遊ぶことで宮仕えなどで生じた遣り場のない思いから解放されている。彼等の宴は「心遣り《こころや》」（気晴らし）の場であったといえよう。

ただ、風雅な遊びに参加できたのは経済的にも余裕のある上流階級や文人といわれる教養を身につけた知識人たちであり、官人の総てではない。当時五位以上の上流階級は、位田《いでん》（位階に応じて支給される田）、位封《いふう》（四位位上に与えられる封戸《ふうこ》の納める租《そ》、庸《よう》、調《ちょう》）、位禄《いろく》（四位・五位に与えられた絁《あしぎぬ》、綿《わた》、布《ぬの》、庸布《ようふ》）、季禄《きろく》（絁、綿、布、鍬《くわ》など現物支給のボーナス）などが位階に応じて支給されたが、六位以下～初位位上に支給されたのは季禄《きろく》（絁、綿、布、鍬など現物支給のボーナス）だけである（詳細は講談社文庫『万葉集事典』「官人給与及び帳内・資人・事力表」を参照されたい）。

そこで官人たちにも口分田《くぶんでん》が分け与えられたので、その耕作のために五月と八月にそれぞれ十五日間の「田仮《でんけ》」（農繁期の休暇）が与えられた。官人といっても農業も営んでいたので下級官人ともなれば風雅な遊びを楽しむ余裕はなかったろう。風雅な遊びを楽しむことが出来たのは貴族やその子弟、文人たちであり、官人全体から見れば一部に過ぎなかった。

ところが旅の歌はむしろ逆で、中・下級官人の作と思われるものが多く見られる。それは彼等が中央と地方を往来する使者として多く当てられたからだが、旅の歌に旅中の不安や寂しさ、苦しさ等の歌が多いのもそのためだろう。この点は当時の制度の上からも確かめられる。高官の場合は、随員も多く旅中で必要なことは彼等が取り仕切ったろうし、宿舎や休憩などの折にも特別に扱われたから日常とは違って不自由ではあったろうが、それほど辛いものではなかったろう。だが、中・下級官人の場合は随員もわずかであり、無事任務を終えて帰るまでは緊張の連続だったに違いない。こうした旅中の状況が彼等の作にはよく表れている。

一方、恋歌の場合は身分の差ではなく性別の違いによって歌の状況に違いがあるようだ。万葉集にはさまざまな内容の恋歌が見られるが、それらはおおよそ次のような状況下で詠まれたものであろう。恋愛期間中は男の側が熱心に言い寄るのに対し、女の側は曖昧な態度でじらす傾向にあるが、結婚後は男は平生《へいぜい》に戻ってしまうので、逆に女の側は不満を募らせ恨み嘆く傾向が強く、男の側は言い訳やらなだめすかす態度をとるようになる。ただ、万葉集にはこのような状況下で贈答された歌が纏《まと》まってあるわけではなく、断片的に収録されているから一対の男女間でやり取りするさまは見えにくくなっているが、平安朝に書かれた『蜻蛉日記《かげろうにっき》』には克明に記されていることから見ても間違いないであろう。つまり、万葉集の恋歌は「通い婚」の習俗が育《はぐく》んだ「歌の文化」であったといえよう。

死を嘆き、死者を偲ぶのは身分に関わりなく多くの人々に共通する心情だが、万葉の時代には死の儀礼に関わる呪術に基づく歌と偲びの歌とが並行してあった。ただ古代には古代特有の死生観があるために、葬儀の過程で詠まれた歌は現代人には状況がつかみにくく分かりにくくなっている。それは、今では死は医学的判定によるので、古代の人よりも魂（霊魂）に対する考えが合理的、ないしは稀薄になっているからかもしれない。

こうしてみると万葉集の歌は生活に密着して詠まれたものが大半を占めていることになるが、この生活性こそ万葉集の特徴といってよいであろう。だが、こうした傾向とは別に俗世間を離れて山中に暮らす生き方に共鳴して詠んだ反俗的な歌（大伴旅人《おおとものたびと》の讃酒歌〈巻3・三三八～五〇〉）や、人間が思い通りに生きられない現実を見据《みす》えてさまざまな人間の苦悩を詠んだ歌（山上憶良《やまのうえのおくら》の貧窮問答歌〈巻5・八九二～三〉など）もある。

これらは生活の中から生まれたものではなく、老荘、儒教、仏教、道教等の中国の思想を学んだ知識人の作であり、万葉集の中でもとりわけ異質なものとなっている。これらも万葉集の代表作であり万葉を特徴づけるものだが、旅人と憶良の作以外にはなく万葉集の流れからは孤立している。したがって、これら特異な歌は万葉集の大きな流れに属さない固有のものであることが分かるし、ここで取り上げなかった個々の歌についても万葉の大きな流れに照らし合わせてみればその位置を知ることが出来るという意味で、本書は万葉集を読み進めるための地図帳のようなものでもある。

あとがき

万葉集に親しめるようなものを書きたいと思ってからずいぶん長い年月が過ぎてしまった。取り掛かろうとした矢先に目の具合が悪くなり、さまざまな支障が生じたからである。

今でも回復したわけではないが、それでも以前よりはだいぶ落ち着いているのでこの機会を逃したくなかった。

多くの人が親しめるということになると名歌鑑賞の類のものが手っ取り早いのだが、この種のものは既に多くあるので、その要素も交えながら万葉集全体の傾向と流れが分かるようなものにした。万葉集の歌の大半は貴族や官人の作だが、庶民のものもあるなど階層も広範囲に及んでいるうえに都と田舎といった地域による違いもみられる。そこでここではそれぞれの歌がどのような生活の中で詠まれたかについて出来る限り具体的に説明することにした。そうすることで万葉の世界や時代が具体的に想像しやすくなり、より親しみやすくなると考えたからである。

実はこれを纏めるきっかけとなったのは、多摩万葉会という多摩市の人々を中心として結成された会で話す機会を得たことで、そこで話したものが基になっている。ここでの話は長い年月に及び、その内容も多岐にわたっているので、その中から万葉の世界とその流れが分かるような内容のものを選び出し、新たに手を入れ再構成した。ただ、この会では必ずしも組織的に話したわけではなく、折あるごとに個別にしかも部分的に扱ったりしたので分かりにくい点もあったと思う。その後これらの概略はあきる野市の人々で組織する五日市読書会でも話す機会を得た。拙い話を長い間辛抱強く聞いていただいた両会の皆様に改めて感謝したい。

写真の大半は年来の知友である高橋六二氏の好意で掲載することができた。また出版に当たっては畏友鈴木日出男氏の適切なアドバイスと助力を得た。両氏には心から御礼申し上げたい。

最後にさまざまな要望を聞き入れていただいた笠間書院社長池田つや子氏・編集長橋本孝氏に心から感謝したい。

二〇〇九年二月

高野正美

参考文献

一部を除いて、入手しやすいもの、一般の図書館で見られるものにした。

全体に関わるもの

『国史大辞典1～15』 吉川弘文館 1979～1997
日本思想大系『律令』 岩波書店 1976
新編日本古典文学全集『日本書紀1～3』 小学館 1994～1999
新日本古典文学大系『続日本紀一～五』 岩波書店 1989～2000
中西進編『万葉集事典』〈講談社文庫〉講談社 1985

万葉集の注釈類（手に入りやすいもの）

〈簡単な注訳〉
中西進『万葉集全訳注原文付一～四』〈講談社文庫〉講談社 1978～1983
新編日本古典文学全集『万葉集1～4』 小学館 1995～1996

〈詳しい注釈〉
『万葉集全注巻第一～』（各巻分担執筆） 有斐閣 1983～

伊藤博『万葉集釈注一〜十一』集英社　1995〜2000
阿蘇瑞枝『万葉集全歌講義一〜』笠間書院　2006〜

環境（歴史・地理）関係

栄原永遠男『天平の時代　日本の歴史4』集英社　1991
『奈良文化財研究所創立50周年記念　飛鳥・藤原京展―古代律令国家の創造―』朝日新聞社　2002
田辺征夫『平城京　街とくらし』東京堂出版　1997
橿原考古学研究所編『発掘された古代の苑池』学生社　1990
武部健一『古代の道　畿内・東海道・東山道・北陸道』吉川弘文館　2004
『日本歴史地名大系22　静岡県の地名』平凡社　2000
『角川日本地名大辞典22　静岡県』角川書店　1982

宴・年中行事関係

民俗文化体系9『暦と祭事』小学館　1955
日本民俗学大系6『生活と民俗ⅠⅡ』平凡社　1958〜9
西角井正慶編『年中行事辞典』東京堂出版　1987

民俗学研究所編『民俗学辞典』東京堂出版　1987
近藤信義『万葉遊宴』若草書房　2003
和田萃『日本古代の儀礼と祭祀・信仰中』塙書房　1995

旅と歌関係
児玉幸多編『日本交通史』吉川弘文館　1992
森朝男『古代和歌と祝祭』有精堂　1998
廣岡義隆『万葉の歌―人と風土―8滋賀』保育社　1986
村瀬憲夫『万葉の歌―人と風土―9和歌山』保育社　1986

恋歌関係
鈴木日出男『古代和歌の世界』〈ちくま新書〉筑摩書房　1999
古橋信孝『古代の恋愛生活　万葉集の恋歌を読む』〈NHKブックス〉日本放送出版協会　1987
工藤隆、岡部隆志『中国雲南省少数民族歌垣調査記録1998』大修館書店　2000
辰巳正明『短歌学入門』笠間書院　2005

辰巳正明『歌垣―恋歌の奇祭をたずねて』〈新典社新書〉新典社　２００９

死・魂の関係

西村亨編『折口信夫事典』大修館書店　１９９８
工藤隆『日本芸能の始原的研究』三一書房　１９８１
多田一臣『万葉歌の表現』明治書院　１９９１
三浦佑之『浦島太郎の文学史』五柳書院　１９８９
菊池威雄『万葉の挽歌　その生と死のドラマ』〈はなわ新書〉塙書房　２００７

高野正美『万葉集作者未詳歌の研究』笠間書院　１９８２
高野正美『万葉歌の形成と形象』笠間書院　１９９４

高野　正美（たかの　まさみ）
1938年　東京都八王子市生まれ
1963年　東京学芸大学教育学部卒
　　　　東京都立短期大学名誉教授
著　書『万葉集作者未詳歌の研究』（笠間書院・1982）
　　　『万葉歌の形成と形象』（笠間書院・1994）

これだけは知っておきたい　万葉集の環境と生活

2009年9月10日　初版第1刷発行

著　者　高野　正美

装　幀　椿屋事務所

発行者　池田つや子
発行所　有限会社　笠間書院
東京都千代田区猿楽町2-2-3［〒101-0064］
NDC分類：911.12　電話　03-3295-1331　Fax　03-3294-0996

ISBN978-4-305-70482-5 印刷／製本：モリモト印刷